獻祭羔羊的慘劇

德吉洛

魔法商店

山梗菜 著

【各界名家推薦】

淺藍色的長髮與墨綠色的瞳孔，圍裙下的她看起來就像普通的高中生，然而她所經營的魔法商店卻總是在人意想不到的地方出現，只出現在需要的人面前、只為需要的人服務……

沒錯，她就是白雨芯。

這次，神祕少女帶來更多不可思議的魔法道具要替人們實現本應不屬於他們的夢想。

《德吉洛魔法商店》承襲自第一卷的模式，當人們獲得了自身無法駕馭的力量時會發生什麼事？在這裡，超凡的力量被以一個又一個充滿巧思的道具呈現，凡是使用這些道具的人，往往都會迎來鴉色般的結局。

不過，這次魔法商店所接待的客戶不再是為自身慾望與憤怒所驅動，他們對自己的遭遇不滿，卻也在其中掙扎，當他們獲得力量時，更多的往往是猶豫。

此外，四處散播愛與歡樂的雨芯也迎來了試圖阻止她計畫的勁敵。當魔法商店的客人們逐漸擺脫了惡魔的操偶線，會選擇從舞台退場呢？還是找出躲在幕後竊笑的惡魔？

「讓無趣的世界變得有趣吧。」

正因為是惡魔呀。這世上沒有比這更有意思的娛樂了呢——

——八千子（犯罪推理作家）

德吉洛魔法商店再次開張！但現在有了挺身回收魔法道具的桑映恆和江直純，作為人類要怎麼對抗惡魔的道具呢？投入一切對抗魔法商店的映恆與不放棄勸說魔法商店顧客的直純以不同的信念朝著同樣的目標邁進，其間或衝突、或碰撞，但始終攜手並進，在兩人的努力下，過去人生軌跡被魔法道具改變的人們也陸陸續續回到故事中，讓人期待人類將以什麼姿態對抗惡魔的操弄？

——千晴（懸疑小說家，近作《雙向誘拐》）

惡魔的便利道具，誘發出人類最赤裸殘酷的惡意！讓人看得頭皮發麻，卻又只能接受黑暗毫無底線的事實。在讀完結局以前，會不自覺懸著一顆緊張的心，投入小說的恐怖氣氛之中！

——月亮熊（小說家）

如同山梗菜以往的風格，故事中常帶著血腥、恐怖與寓意，有巫婆養的黑貓在鋼琴鍵上跳舞的感受，看了不知該說可愛？逗趣？詭異？還是寒毛直豎？慢半拍才意識到貓咪不會跳舞——直到闔上書，仍可以感受到精彩的韻味，甚至期待更瘋狂的到來。

——色之羊予沁（百合小說網路作家）

目次

序章

「這位客人，下階梯的時候請小心！」

門一開，怎麼看都只有高中生年紀的店員提著蠟燭提燈，領著身後女性走下商品庫。

看似未成年的店員留著一頭淺藍色長髮，眼睛是墨綠色。除此以外就跟普通的高中生少女沒兩樣。

看看店面吧。

這間店的店面沒什麼特別的，只看商品的話，就跟你出了門隨處可見的日用品雜貨店沒兩樣，真要形容的話，就是裝潢豪華了點的平價商店吧？

但踏入這扇門板上用紅字寫著「D」的商品庫後，年約三十歲的女性看到的就是截然不同的世界。

燭光照見之處，全是漆成黑色的牆面與櫃子。

空氣中飄著一股老舊的灰塵味，讓女性忍不住在鼻子前搧了幾下。

這裡放著各種乍看跟日常用品沒兩樣的商品。不過其中也混著一些一看就知道充滿危險性的物品。

「參觀是可以，但伸手觸碰可能就有危險……像那本書是刺激性欲的漫畫，」她指指女性正好奇想碰的薄書，封面上有個姿勢誘人的大奶金髮女：

「只要翻一頁，不論男女老幼都會被那本漫畫詛咒，到死為止都會一天二十四小時處在性高潮狀態。」

「好可怕，」女性沒什麼感覺，接著指向擺在櫃子旁的一組綜藝節目常見的大型旋轉飛鏢盤：「那又是什麼？」

「啊，那個叫『死因轉轉樂』。」

圓盤上的二十格裡，寫著「燒死」、「電死」、「病死」等死因。她說明：「用飛鏢射它，那個人三分鐘內就會因飛鏢射中的死因離開人世囉！」

「設計這種遊戲的人是惡魔嗎？」她顯得厭惡。

「我記得是位階相當高的惡魔在睡前為了打發時間隨手做的。」少女回想：

「畢竟這裡除了我原創的商品，也有不少從別的地方進貨的商品啊。」

櫃子上還有效果難以置信的商品，像是看似普通的紅寶石項鍊，上面貼著寫有「禁止配戴！全自動勒死人項鍊」的說明字條；或是一瓶泡在綠色藥劑裡面的棒球大小的不明動物眼球，瓶身還貼著「禁止食用，否則身上會長出比葡萄還多顆的腫瘤」的標籤。

「我要的東西真的在這裡嗎？」

女性焦急地問。

「請不用著急，我不會騙您的。但比起這件事，您應該明白購買的報酬不會只有人類世界的貨幣吧？」

店員回頭，用看著玩具般的眼神看著女性。

瞬間感受到死亡般恐懼的女性不禁縮了一下，少女的笑容在微暗的燭光旁更突顯出了危險氣息。

「害怕的話現在就離開也沒關係喔，不過人類醫生也沒辦法實現妳的願望吧？把到手的機會就這樣子丟掉可不明智喔！」

綁著頭髮的女性咬著牙，很不甘心。

但她還是握緊拳頭，大聲回答：「反正不是給妳靈魂，有什麼好怕的！」

「但是最後的結果可能還是跟死亡沒兩樣，看在妳是常客我還是要再提醒一聲。」少女補上一句。

「人類的靈魂我以前已經拿很多了，現在還是跟人類做生意比較有趣！」

擁有淺藍色秀髮少女來到倉庫最深處，那裡放著一根針筒。

針筒裡面裝滿發出紅光的液體。

「那是？」

「讓身體按照使用者意願出現一種變化的藥。從變壯、變性感或變成另一張臉都算，當然讓妳的身體能夠生下孩子也是……不後悔嗎？」

女性就是為了這個才來的。

「那說出妳的要求。」

「讓我能順利生下孩子。」

液體聽到了女性的要求，發出更強的光芒。

女性低頭看著自己的肚子，這是她唯一犧牲生命也要保留的孩子。

「這樣就行了，那麼把手伸出來。」

少女店主輕握著客人的手腕，把液體注射到她體內。

一股滾燙的能量滲入女性五臟六腑的每個角落，她忍不住發出一點哀嚎。店主沒有說話，只是微笑觀察。

「這樣一來妳的願望就達成了。等孩子五歲的時候我再收尾款，因為我是對常客非常溫柔的惡魔喔！」

女性沒說話，只是把幾張鈔票塞進少女手中。

店主送女性離開地下室。她的動作看似體貼，眼神中卻沒有一點暖意。

這是女性最後一次來訪的日子。

第一章　食欲增進湯匙

名叫桑映恆的少年被惡夢驚醒了。

房間裡依然黑暗而安靜，什麼事情也沒發生。床頭上的鬧鐘時針還指著「5」的位置，天還沒亮。

他眨眨仍有些痠澀的眼睛盯著黑暗的天花板，那個惡夢大概每隔十幾天就會出現一次，每次都讓他心情非常差。

反正接下來也睡不著了，不如先為等一下的見面準備吧。

換好衣服，映恆走路來到見面地點附近的公園。兩人約見面的時間是早上八點，這對現在的高中生來說還滿早的。

他在吃早餐前會先在手腳各綁上一公斤沙包慢跑一小時，接著回到家裡對著沙袋練習揮拳。

為了在跟魔法商店的店主對決時應付各種可能的狀況，映恆總是全力訓練自己。

不過現在不能回家，所以他多跑了半小時。

要跟那種惡魔對決的話，剎那間的大意都會害自己沒命。要是財力與法律允許的話，映恆還滿想買幾把槍帶在身上用的。

映恆在快要八點前來到昨天跟直純約好集合的早午餐咖啡廳，沒想到直純已經在門口等待。

「早安啊，沒想到你這麼早就來了。」

江直純身上穿著黑色長袖上衣與灰色休閒褲，剛才她靠在牆邊滑手機的樣子，看來已經等很久了。

第一次見到直純的時候，映恆對她的第一印象是她只是個有點傻又好像不知人間險惡的女孩。但經歷過先前的事件後，現在的她臉上少了幾分稚氣感，多了一點正經的感覺。雖然在映恆眼中還是算在不太成熟的範圍內啦。

「妳也起得很早呢。」映恆淡淡招呼。

「與其說起得早……不如說是根本就睡不著吧。」直純苦笑。

一星期前，江直純的三個朋友全部捲進不幸的意外裡。一個骨折、兩個被毆打到重傷。因為這場悲劇，直純已經好幾天睡不好覺。一閉上眼睛，那惡夢般的一幕就會浮現於直純腦海中。

她想要做點什麼。

兩人來到角落的座位坐下。直純點了法式吐司與奶茶，映恆只點了簡單的雞肉三明治。

「那天之後我就一直想找機會好好聊天了……這裡的三明治也很好吃喔。」

「要聊什麼？最近又沒有疑似客人引發的奇怪事件發生。」

「就算沒有，我也還有很多想知道的事要問啊。你說過那個店長不是人類對不對？」

「對。」

「那用刀還是開槍有辦法把她幹掉嗎？我是說，如果她是要像用銀子彈才能傷害的狼人那樣的生物，那你知道殺掉她的方法嗎？」

映恆沉思一會，搖頭。

「我要是知道的話早就告訴妳了。況且在這之前我們還要先找到她在哪。」

兩人說的那個人，是一間名叫「德吉洛魔法商店」的神秘商店的店員：白雨芯。

她是外表年紀看起來像高中生的店員，會跟每個進入店裡的客人聊天，在明白他們的願望或需求以後，就會像哆啦A夢那樣拿出帶著神秘力量的商品。

只是店員不會在客人捲入危機的時候出手相救，反而是在商品的力量失控時袖手旁觀，以觀賞客人自取滅亡的過程為樂。

這種人真的只能以惡魔來形容——不，說不定她真的就是惡魔也不一定。

關於那間魔法商店的位置也有件難解的謎團，那就是店面的位置似乎會移動，因此要鎖定她的行蹤有點難度。

而現在兩人會在這裡見面，就是因為兩人都想要打倒把人的不幸當成娛樂節目的白雨芯。

「對了，有件事你還沒有告訴我。」

直純輕輕把嚼完的吐司吞下，認真地問道。

「我記得你之前說，你感覺得到那間商店賣的商品的氣息。你為什麼感覺得到？」

映恆咬著三明治，想起自己在醫院的時候的確這麼說過。

「妳很好奇嗎？」

「要是你可以感應到那些商品的位置的話，那我們只要在謠傳商店出現過的位置到處晃一下，說不定就能找到它了！」

「如果進入一定距離的話，我可以感覺到哪個人身上有商品，但是商店的位置就是感覺不到。」

「那麼除了可以感應到魔法商品在哪，你還有別的能力嗎？」

直純從口袋裡拿出小筆記本與筆，準備記下來。

「像是你在醫院裡要打那個人的時候那種超快的速度，那個也跟你可以感覺到商品的氣息有關係嗎？」

那天在醫院裡跟白雨芯對打的時候，自己的確展現出超越常人的速度。

映恆思索一會後開口。

「不管是感應商品的氣息還是體能，都是變化液的效果之一。」

「變化液？」

「這個等一下再解釋。因為變化液的關係，我的體能比一般人好，而且那間商店的任何一種商品，全部都對我沒用。」

「好比說如果你吃了可以實現願望的章魚燒然後許願，願望會沒辦法實現，像那樣的概念嗎？」

「那是一種，還有如果有人用章魚燒許願要對我做什麼，那麼願望的效果也會不見。」

對所有魔法商店的商品都免疫的體質。

這種能力毫無疑問是對抗白雨芯的一大優勢。

「每一種魔法商品都確定沒用嗎？」

「至少我遇過的人，他們都沒辦法用手上的商品傷害我。」

「這樣的話很厲害耶……還有別的嗎？」

「我想我身上的超能力大概就只有這些而已。」映恆呼了口氣。

從直純快速在筆記本上書寫的模樣看得出來，這段時間她思考了很多對策。她不是憑著一時衝動才拜託自己跟她一起聯手。

寫完後，直純深呼吸一口氣重整思緒。

「其實我想到一個辦法，說不定可以試試。」

「說吧。」

「如果我們反過來利用已經賣出的商品對付她的話，不知道行不行？」

「什麼意思？」

「就是說……我們雖然目前無法跟她對抗，但如果我們利用賣給其他客人的商品的話，說不定這些商品就能成為我們的力量！」

這個方法映恆從來沒想過。

「可是那些原本就是她的東西，說不定對她本人會根本沒用。」

「我們又還沒試驗過，怎麼知道一定不行呢？再說這麼做的話，就等於我們阻止那些客人利用奇怪的力量繼續製造麻煩啊！」

「要阻止他們的話，直接毀掉那些可恨的東西就好了。」

「重點不是毀掉商品，我們要試看看能不能把那些商品拿來用才是最重要的！」

直純喝了一口奶茶潤喉，繼續說下去：「那個人既然能開魔法商店，那麼她自己會用魔法或其他力量也不奇怪。這樣的話，對魔法一竅不通的我們就更有必要試試看這個方法，增加跟她對抗的力量！」

映恆靜靜聽著她說明，不時咬幾口三明治。

看到映恆沒什麼變化的冷靜表情，直純不禁慌了：「那個……你覺得這種方法還是不行嗎？」

「就像妳說的，還沒試過的方法當然不知道行不行，或許可以試試。但要是那些商品的力量失控，我們也無法控制的話，那也得想對策。」

「嗯，說得也是。」

因為映恆的臉看不出情緒起伏，直純有點擔心自己會不會害他生氣。

「更重要的是，妳要怎麼叫那些客人把他們買的東西心甘情願地交給妳？」

映恆冷靜地切入重點。

「這些得到力量、嚐到甜頭的人，全部都是不見棺材不掉淚的傢伙。他們看到妳這種不知道從哪來的弱小女孩，根本不會聽妳的話放棄那麼好用的力量。所以，讓我先聽聽看妳想到的策略吧。」

「這個的話……我還沒想到耶。」直純難為情地傻笑。

映恆不禁嘆氣。

「算了。大不了到時候用搶的方式解決，反正會用超自然力量為非作歹的人，本身也不用跟他好好講。」

「可是這樣的話我們就變成搶劫了啦……」

「不想搶劫，妳就動腦想想辦法。」

總之，初步的方向已經確定，接著就是思考如何找到敵人。

「要找到關於那個人的線索，就只有先找到有可能是顧客的人物才行。每天無時無刻都要注意新聞上突然爆紅的人物或是突然出現的怪異現象，找到的話馬上調查，這是目前最好的辦法。」

「那樣的話就儘管交給我吧！暫時休學後，我現在時間很多！」

因為意外的關係，直純與其他三個朋友目前都暫時休學。

「這個我來，妳還是先想怎麼說服對方吧。」映恆開始滑手機瀏覽新聞網站：「不能說服那些人的話，妳的提案也沒用。」

「啊哈哈……」直純笑了幾聲。就算不是直接跟白雨芯正面對決，要用道理說服那些客人也不是輕而易舉的事。

桑映恆這個人，從以前到現在都過著什麼樣的生活呢？直純看著他認真地搜尋新聞的臉，心中這麼想著。

既然他是為了替家人復仇而行動的話，那他一直以來都是一個人獨自尋找魔法商店的蹤跡吧。這樣子的生活到底持續多久了？

如果以後有機會的話再慢慢問他好了，現在還是先想想如果被迷惑的客人時，該如何對話比較好。

不過直純沒想到，她第一個要面對的客人竟然就近在身邊。

※

『哈囉大家好，我是大弘紅，今天要挑戰的東西是，人泡在化糞池裡面到底能撐多久，這是其他YouTuber從來沒有挑戰的創舉，請睜大眼睛仔細看……』

徐堯均盯著畫面上的全身只穿著一條四角褲的自己興高采烈地說話，接著跳進事先裝滿泥水的充氣游泳池假裝臭得受不了的樣子。說泡在化糞池裡面當然是假的，要跳進去的人可是自己，弄個不好細菌感染可能就要進醫院了。

螢幕下方的觀看次數還是沒有超過兩百人，其中十幾次還是自己點進去看的。更糟的是按讚的人一個也沒有，按爛的已經有五十幾個。頻道訂閱人數則只有三十幾個而已。

『好噁心喔』、『為什麼要做這種沒營養的東西』、『除了騙點閱數之外　你沒有別的事好做了嗎？』、『感覺好臭』

影片下面的留言也都一面倒地全是在罵自己的內容，讓堯均不禁嘆氣。

「你們以為製作一部影片有多輕鬆啊……我拍完之後還要自己剪接耶。」

為了拍攝作品，堯均用自己的一半積蓄買了攝影器材還有影片編輯軟體。本來以為只要能找到夠有噱頭的題材就可以輕鬆讓訂閱人數破萬，但從堯均開始挑戰當網紅以來十個月的時間，他的努力卻什麼回報也沒有。

題材的話堯均倒是試了不少。像是他曾經挑戰評論時事，結果因為事前沒做功課，講了太多不自覺的歧視發言，結果被迫在事情鬧大前刪除影片，還拍了一部道歉影片。

不過他當然是因為上傳道歉影片也會有點閱率的原因才拍的。要是沒有點閱率，他花時間拍影片要幹嘛？

他也挑戰過把乾冰倒進寶特瓶裡面的實驗影片。結果寶特瓶在倒到一半的時候突然爆炸，他自己的手也差一點就被炸傷。

再來是挑戰跳進河裡游泳。但因為堯均沒有事前進行暖身運動，只游到一半他的腳踝就扭傷，差點在河裡溺水。那部影片至今只得到了八十三次點閱。

到底要怎麼做才行啊？堯均完全不知道自己為什麼都這麼努力了，卻完全沒有得到半點回報。其他YouTuber隨隨便便弄個看起來蠢得要死的影片，就可以輕輕鬆鬆獲得這麼高的人氣，但自己再怎麼拍再怎麼準備都沒用，反而讓自己看起來更像個蠢蛋。

他的電腦桌面上有一個叫「靈感清單」的檔案。裡面寫著「把沙拉油倒在公寓大廈門口，觀察住戶滑倒後的反應」、「挑戰在醫院急診室入口前面跳街舞」、「對著三十個不認識的路人身上吐痰的整人企劃」之類的想法，但很顯然都是不可能實現的事。

如果這樣子不行的話，要不要乾脆加入Pololive之類的事務所，然後成為VTuber好了？反正當VTuber又不用露臉，只要說話就可以了！啊還有要是能弄個像鯊鯊一樣可愛的人設的話就更好了，不過男生當VTuber會紅嗎……

這時房門外傳來腳步聲，打斷堯均的思考。那是堯均的妹妹徐堯雲。

「你又拍了這種奇怪的影片喔？」

堯雲一劈頭就這樣問。她現在是高中生，但模樣卻比哥哥認真許多。

「很丟臉耶。只是為了要引人注意就要做這麼多跟白痴一樣的事嗎？而且那些你買回來的道具根本就沒用，媽已經開始在唸家裡東西堆太多了耶。」

堯雲說的道具包括充氣游泳池，還有一盒鞭炮、絞肉機、碟仙盤與不知道買來幹嘛的彩色假髮，這些道具總價大約三萬元以上。

「不要這樣講啦，我泡在裡面也很辛苦的好不好？」聽到妹妹毒舌的批評，堯均聲音無奈：「而且我也快想不到梗了，妳有想要看什麼東西嗎？」

堯雲發出一陣猶豫的鼻息。

「你的影片都沒有去想過主題性的問題嗎？」

「主題性？」

「就是有的YouTuber不是只專門做開箱介紹，有的是拍自己的寵物，有的是專門介紹旅遊景點，或是專門教導一門學問。他們全部都專注介紹同一個主題，而不是東弄一個西弄一個，這樣子只會讓人搞不懂你到底是要走什麼路線。」

「我還是新人，這邊弄一點那邊弄一點才能吸到多一點訂閱啊。」堯均覺得自己的作法沒什麼問題。

「不是這樣子講，你決定一個主題路線的話，接下來要想什麼樣的梗才會比較有一個方向。什麼都要拍一次的話，真的只會讓人覺得你搞不清楚自己在幹嘛。」

「這麼說也對……」堯均同意：「那我想一下。」

「而且你為什麼這麼執著一定要當YouTuber？現在真的可以靠YouTube賺錢的人只有少數幾個而已，而且你的影片內容都沒有思考過，有時還會給人添麻煩，你要走這行我真的覺得很難，現在已經是YouTuber飽和的時代了耶。」

被堯雲這麼一講，堯均真的很難反駁。

但成為偶像名人，就是堯均從國小開始就在做的夢。

在其他同學還在為演藝圈哪個女藝人的身材比較好爭辯的時候，自己早就已經開始在研究怎麼跟藝人經紀公司聯絡的方法。音樂課時，他也學習得比其他人認真，就是希望能為成為藝人之路準備。

但是越是成長，堯均就越明白自己並沒有當藝人的資質。自己顏值不夠，歌唱力也沒有很好，只要跟演藝圈新人比較一下就知道了。

在他失望的時候，他認識了名叫「網紅」的職業。那是只要定期拍好笑的影片上傳網站，就可以得到大批粉絲支持，非常夢幻的工作。

因此畢業當完兵之後，他就開始當YouTuber發影片。只是他現在也體會到了要製作一部影片好像也不是那麼簡單的事，光是想梗這件事就已經很累人。不做又不行，他又沒有業配能接。

「添麻煩我也沒辦法，這就是YouTuber的工作內容啊。」

「藉口。社會上明明有很多不添麻煩也能娛樂大家的YouTuber，你根本沒有思考這個問題。」

「說了妳也不懂好不好。」

當妹妹邊嘆氣邊離開房間後，他仔細想自己該走什麼路線，但想了十五分鐘後，還是想不到。

出門想在路上找靈感的堯均，不知不覺地來到離自家有點遠的街道上。

他走進附近的日常用品店裡面閒晃，順便看看有什麼可以拿來當成下一部影片表演道具的東西。

看到架上的刮鬍泡罐，堯均想到說不定可以拍一個在裝滿五百罐刮鬍泡的充氣游泳池裡面憋氣的影片。但自己已經沒有太多閒錢再買新的道具，以前打工賺的錢到了這時候也快坐吃山空。

在他猶豫的時候，有個可愛的女性嗓音向他打招呼。

「這位客人，請問您在找什麼嗎？」

堯均抬頭，有位笑容可掬的年輕女性店員站在自己面前。

對方的年紀大約是高中生，但打扮造型卻相當顯眼。一頭淺藍色長髮、墨綠色的瞳孔、跟專業主持人一樣完美而甜蜜的嗓音，就算說眼前的店員是堯均有生以來見過最完美的美少女也不為過。

雖然穿著黑色的店員圍裙，但依然無法掩飾她的美貌。如果她去當專門介紹遊戲或動漫的實況主或YouTuber的話，絕對大受歡迎。

「沒事，只是在找下一部影片可能會用到的材料，」堯均開始自我介紹：「我現在的職業是YouTuber，每個星期都會定期推出兩部有趣又好玩的影片，如果有興趣的話，就到YouTube上搜尋……」

「我明白了。」店員用把一切都隱藏得很完美的笑容說道：「那麼您需要找什麼呢？」

「這個嘛……」堯均裝出仔細思考的樣子：「最近有打算準備個夠吸睛的企劃，但是也可以聽聽像妳這樣的觀眾的意見，畢竟做我們這行，傾聽意見也很重要啊。」

胸前名牌上寫著「白雨芯」的可愛店員注視著堯均的臉認真思考，然後她露出充滿興趣的笑容。

「客人您曾經想過挑戰大胃王系YouTuber嗎？」

「大胃王的話可能要想想，因為我的胃口跟其他YouTuber比起來不算大……」

堯均雖然不太懂店員幹嘛突然講這個，但還是老實回答。

「我們店裡剛好有能讓客人成為大胃王的商品，不知道您是否有興趣呢？」

「好啊好啊，我看看。」

因為剛才的介紹聽起來很有趣，說不定可以當成新影片的梗，所以堯均決定看看。

雨芯走進店面後方的儲物室，接著拿著一根湯匙走回來。

「這個是『食欲增進匙』。」

雨芯手上的湯匙尺寸比一般的湯匙再大一點，是一根不鏽鋼製的圓匙。匙柄上有著漂亮的花紋雕刻，看起來相當高級。

「這個看起來只是普通的湯匙啊？」

「使用者只要拿著這根湯匙，內心想著想要吃更多東西的念頭，體內就會很自然地湧現食欲。就算要像大胃王那樣一口氣吃上十幾二十碗料理同樣也不成問題。有這個的話，您就可以挑戰大胃王系的YouTuber了！」

聽起來好像可以當成新影片的題材，他繼續問下去：

「這麼厲害？是很貴的新產品嗎？」

「一支只要三十元而已！」雨芯笑容滿面地推薦：「平時當成普通的湯匙使用也ＯＫ的！」

「那麼這個我買了！」

堯均半信半疑，但因為對方是可愛的正妹，所以他還是爽快地買下來。

付完錢要離開時，堯均還不忘向雨芯遞上名片：「有空的話歡迎來看我的影片，還有記得訂閱喔！」

「有件事要告訴您，」雨芯仔細地把名片收進口袋的時候，誠摯地說道：「在您使用這根湯匙的時候，千萬不可以在吃到一半中途放開，否則會有非常危險的事發生。可能會爆炸喔！」

「嗯？好啊，那記得去看看我的頻道喔！」

他離開時並沒注意到，這間店的店名叫「德吉洛魔法商店」。

※

大致上的應對方向雖然已經確定好了，但直純還沒有任何跟老師以外的人交涉過的經驗，因此她現在正在看剛從書店買回來的《瞬間說服對方的超高階交涉術！》，苦惱地想著可能發生的狀況。

正當直純靠在書桌邊沉思時，門口傳來一陣按電鈴的聲音。

她打開門，站在門口的人是班上的同班同學徐堯雲。

「嗨！我幫妳送這星期上課的筆記來了喔！」

「哦、謝謝！」

雖然堯雲的外表給人一種像經理秘書般認真而不苟言笑的感覺，但其實對人很溫和。

走進直純房間的堯雲順手把頭髮梳到肩膀後，把影印筆記放到桌上。

「我等一下沒事，要是有看不懂的地方，我可以現在教妳喔。」

「哈哈……謝謝。」直純笑著確認上課內容，同時堯雲也看著直純的反應。

「妳最近沒事吧？」

「我很好，不用擔心我喔。」

「真的嗎？」堯雲的眼神依然擔心：「妳跟欣亭她們都被人打成那樣了，怎麼可能。」

直純並沒有向任何同學說實情，只是說在醫院被暴徒攻擊重傷。

「真的沒事啦，欣亭她們現在雖然還在住院，可是一定很快就好了！ＯＫ的！對了，最近班上大家都還好嗎？」

「都很好，只是大家都擔心妳們會休學下去。」

「哈哈……來聊別的話題嘛，像是妳家裡的人最近過得怎麼樣的。」

「也很好，只是哥哥最近一直在耍廢，讓人看不下去。」

堯雲開始抱怨哥哥的事。

「在家裡當YouTuber快一年了，整天只會做一堆沒用又沒人氣的影片，還跟爸媽吵了幾次架呢。」

「YouTuber？」直純覺得有趣地追問：「咦，能自己拍片上傳很厲害啊！」

「都是很無聊的東西啦。」堯雲用手機調查他的頻道：「妳看。」

最新上傳的影片標題寫著「挑戰！要是人泡在化糞池裡半天會發生什麼事？」。影片裡有個只穿四角褲的男人笑吟吟地站在裝滿髒水的充氣池裡，然後用很假的演技表演好像很臭的樣子。

「哈哈……很白痴吧？他整天就在拍這種沒梗的東西，而且叫他不要做了還講不聽，真的讓人無奈耶。」

「他拍一些更有趣的題材不是比較好嗎？這種影片有點重口味。」直純附和。她跳回主頁面想確認堯雲的哥哥還拍了什麼樣的影片，結果發現有部影片在兩分鐘前上傳了。

標題是「挑戰一口氣吃掉十個CP值超高的雞腿便當！」。

『哈囉大家好，我是大弘紅！今天我來到了號稱東南區CP值最高的便當店，這裡的雞排便當聽說不只好吃，而且面積也超大的！所以今天我要來挑戰，看看十個這樣子的雞排便當到底要花多久時間才能吃完！』

螢幕上的堯均對著鏡頭說完，馬上拿出買好的十個便當，接著用湯匙挖飯起來吃。

影片全程沒有快轉，大約十分鐘，十個便當就全被飛速吃完了。平均一分鐘吃掉一個，連身為他的親妹妹的堯雲都目瞪口呆。

「妳哥還會挑戰大胃王系的影片嗎？」直純超欽佩地看到最後：「而且還一分鐘吃掉一個！」

「第一次看到……」堯雲的聲音難以置信。

「他的食量也沒這麼大，這剪接的吧？怎麼可能？」

直純確認一下頻道先前上傳的影片，這似乎是第一部大胃王主題的作品。

「會不會是他剛好那天特別餓啊？」

「就算餓，他也頂多就吃一個便當啊……」

從堯雲混亂的反應來看，她也是第一次看到哥哥做出這種事。

直純也隱約嗅到不太對勁的味道。

「堯雲，最近可以讓我跟妳哥見個面嗎？」

「幹嘛？他不是什麼真的很紅的網紅喔。」

「我知道，只是我想知道他怎麼能吃這麼多，有點好奇啦！」直純笑嘻嘻地請求。

要是直純多心的話就算了。但一個人突然能做到平常做不到的事，那有一種可能的原因。

那就是他也是魔法商店的客人。

※

堯均看著自己拍的第一支大胃王系影片，雖然影片一如往常還是負評居多，但是點閱數有變多一些，而且按讚的人也多出四、五個了，看來有效。

平時的話他一定吃完一個便當就已經很飽了，但那次他吃完十個便當，竟然還覺得有點餓。他把這根湯匙買回來以後，其實還有點猶豫。一來他對大胃王路線沒興趣，二來那種事他也模仿不來。更何況他要是再花更多錢吃更多東西的話，他真的沒臉面對家人。

但實際用這根湯匙吃過一次後，連堯均自己都對突然湧上的食欲感到不可思議。那種感覺就像胃裡的食物全部瞬間消化殆盡般，才剛吃飽，腹裡又響起咕嚕咕嚕的聲音。再吃一次，但馬上又餓起來，彷彿體內出現一個黑洞似的。

算了……現在沒有別的辦法。要是這根湯匙真的還有隱藏的力量的話，那堯均也只能賭一把。

「好……那就繼續挑戰大胃王YouTuber路線吧！」他為自己加油打氣。

接下來堯均每天都上傳一部各種料理的大胃王挑戰影片，「大弘紅的快樂世界」這個頻道的訂閱數還有點閱數終於開始好轉。

堯雲說的單一路線的策略真的有效，不少專門收看料理類YouTuber的觀眾也被吸引過來，點閱數比過去那段像無頭蒼蠅般亂製作影片的時期好太多了。

『哈囉大家好，我是大弘紅，今天要挑戰的是……一口氣把便利商店買來的二十盒咖哩飯吃掉！到底最快要花多久時間才能辦到呢？就請各位繼續看下去吧！』

畫面中的自己把桌上的咖哩飯一盒接一盒吃下肚，那模樣簡直就像餓了三、四天似的。而且全程只花了七分鐘。

那個魔法商店的店員推薦的湯匙真的很不可思議。只是想著想要吃更多而已，體內就自然而然地湧現更多食欲。不管是特大號套餐還是巨無霸拉麵，任何美食都能輕鬆一掃而空。

看著在畫面裡面大口吃著水餃、烤肉、牛排、漢堡、迴轉壽司還有各種美食的自己，堯均終於能感受到一絲成就感了。

「你看到了嗎？我的頻道的訂閱數增加了，妳講的那個走專一路線的策略真的有用耶！」

一星期後，堯均跟妹妹一起看影片時，他反應興高采烈。

「哦，好棒棒。但是你以前沒有這麼會吃吧，你做了什麼？沒有打奇怪的藥吧？」

「怎麼可能！再說為什麼要講得好像我在吸毒似的？」

「沒有就好。只是你就算真的吃得了那麼多，長期下來對你的身體也不好。而且……」

堯雲臉上堆著不太滿意的表情，再加上欲言又止的態度讓堯均更著急：「妳要說什麼就快說啦。」

「說句老實話，你的顏值不算很高……所以我覺得，就算你再怎麼會吃，也比不過那些會吃然後又長得正的YouTuber還有直播主。」

事實上網紅的世界就跟演藝圈一樣，長相還是很重要的要素。

「那我就稍微化妝吧！等我出名以後，乾脆雇用一個專用化妝師好了！」

堯雲用一副在說「你在說幹話喔」的鄙視表情瞪著哥哥。

「對了……前幾天我有個同學說想要見你。」

「真的嗎！」堯均一臉感動：「我這麼快就有新的粉絲了！」

「你真的沒救了耶……」堯雲懶得罵下去：「她說她對你突然可以吃這麼多東西的秘訣有興趣，所以最近想找時間來我們家。」

「妳把我的事告訴她了喔……」堯均馬上失望，心裡也想到湯匙的事應該暫時保密：「我最近在忙著拍新的影片，所以沒空啦，請她晚點再過來，然後再順便幫她簽名！」

「沒人要你的簽名啦……」堯雲嘆氣走出他的房間。

反正把湯匙的事說出來也沒人會相信，想想別的理由比較實際。

另外，自己也得想想該怎麼賺錢了。拍片時買來的食物也要花錢，目前靠YouTube影片的人氣還不足以支付這筆開銷。

不過有了這根食欲增進匙，堯均已經想到很好的賺錢辦法。

那就是參加大胃王比賽。

外面本來就有不少大胃王比賽，如果可以在比賽中嶄露頭角的話，不只能拿到獎金，還可以讓自己一舉成名。

透過參加活動的方式讓自己成名，就能連帶讓更多人知道自己YouTuber的身分，這麼做說不定才是最有效率的。

一想到這，他決定去參加大胃王比賽，靠著比賽打出知名度。

堯均參加的第一場比賽是「北區牛肉麵大胃王大賽」。挑戰者要吃的是一碗就足以讓一個成年人吃飽的牛肉麵，而且湯頭的口味還加重變得更鹹。

但就算再怎麼不好吃的料理，只要有這根湯匙就萬事解決！

比賽一開始，他拿起湯匙便開始用連評審都為之驚愕的速度把麵條掃光。僅僅半分鐘，他就解決掉一整碗牛肉麵。

在其他挑戰者還在拼命喝湯的時候，他的桌上已經疊了十個空碗。比賽僅僅過了六分鐘時間，他的空碗量已經超越其他八名參賽者。

——我要吃得更多，把這些都變成讓我更有名的力量！

堯均幾乎是用連咀嚼都沒有，把麵條直接吸進口中吞下的速度把麵吃掉。那速度快到現場觀眾都看得瞠目結舌，快到主持人都忍不住一直大叫「哇、太神速了！怎麼會有能吃得這麼快的人！」，連旁邊幾個有多年參賽經驗的挑戰者，也被堯均的速度嚇到。

「我吃飽了。」

當堯均說出這句話時，他的桌上已經疊了四十五個空碗。

雖然其他挑戰者中也有人吃了二十幾碗，但依然遠遠不及堯均的成績。台下響起一片掌聲，堯均抓著食欲增進匙，像王者般高舉雙手接受四面八方的歡呼。

——太爽快了，這就是我要的！

堯均受到的注目比上傳的任何一部影片都還多。他感受到大量的活力再次從體內湧現，原來被人注目是這麼棒的事！

他得到一萬元的獎金，同時也是他當YouTuber以後的第一筆收入（雖然跟影片完全沒有任何關係）。經過這次比賽，他整個人振奮起來。

堯均最討厭的就是始終無法出人頭地這件事。明明為自己的夢想做了那麼多努力，但始終拿不出像樣的成績，接著週遭的人就會在自己身上貼上無能的標籤，反對自己朝著知名YouTuber道路前進的人就越多。

除了憤怒，更多的是不甘心。那感覺就像全世界都在等著自己一個人出醜，然後準備放聲大笑般痛苦。

家人也一樣不支持自己的夢想，爸媽從來沒說過一句支持自己當YouTuber或成為名人的話，他們看自己的輕蔑目光，就像在看一個可憐的小丑一樣。

但是夢想就是要克服不可能的事才能閃閃發亮！就算現在的自己受盡嘲笑受盡排擠，等到自己成為眾人的目光焦點的那天，就是輪到自己反撲的時刻了！

自己的夢想不會這樣子就結束，絕對不會。

※

「最近堯雲的哥哥又上傳好多大胃王挑戰的影片耶。」

在堯雲告訴直純哥哥暫時不能跟她見面的消息後，直純這幾天還是繼續追蹤堯雲哥哥的頻道，也把這件事告訴映恆。

「有看到什麼奇怪的東西嗎？」

在映恆坐在路邊長椅上認真盯著手機螢幕的時候，站在後面的直純好奇問道。

「只看影片的話我也看不出什麼。就像妳看著影片裡的食物也不會聞到香味一樣。」

「嘿嘿……說得也是。」直純發出調皮的笑聲，然後回歸正題：

「只能親自見到本人才能知道的話，我再跟堯雲問問他會去什麼地方。」

「不過我有注意到不尋常的東西。」

映恆好像沒聽到直純說的話，盯著螢幕說道。

「咦！在哪裡？」

映恆指著「迴轉壽司吃光一百盤挑戰！」的影片裡，用每五秒吃掉一盤的速度吃著壽司的堯均的左手。

「吃壽司的時候只會用筷子，可是他手上卻握著多餘的湯匙。」

仔細看畫面角落，真的會看到他的手上抓著有金屬光澤的湯匙柄。

一邊用筷子吃壽司卻又一邊抓著用不到的湯匙，怎麼想都想不到合理的理由。

「再翻一下他之前的影片，每一部大胃王挑戰都會看到他用同一根湯匙，但更早以前的影片卻從來沒看到它。」

直純自己也確認一遍，映恆說的是真的。先前他也上傳過一部食物開箱文，可是卻沒看到他手上抓著任何餐具。

「所以那根湯匙就是那間店的道具！」直純恍然大悟。

「機率很大，所以我要親自看看。」映恆關掉手機，起身對直純說道：「直純，直接問妳的同學他今天要到什麼地方去，我要直接見他。」

「要直接阻止嗎？我們還是先跟對方溝通看看吧？因為對方是我的朋友的哥哥啊。」

「如果妳覺得對方是熟人的話，那就試試看。」

映恆也用有點不以為然的語調回應。

「可是會來到魔法商店的客人，都不是什麼正經的人物，要是對方講不聽的話還是直接動手比較快。」

「欸……有必要這樣嗎？」直純不禁露出苦笑。影片裡的堯均雖然幹了不少給人添麻煩的蠢事，但看起來不像無法溝通的壞人。

「聽過『人換個位置就會換了腦袋』這句話嗎？」

映恆淡淡地反問直純。

「人得到權力或是力量的時候，就算是本來很善良的個性也會變成另一種模樣，我見過的商店客人幾乎都是這種無可救藥的樣子，所以最好別抱太大期望。」

「……那也要跟對方試著溝通過之後才知道啊。」

直純依舊想要說服映恆，不過他只是反應冷淡地無視。

「好啦別生氣嘛！我現在馬上就問！」

打手機問過堯雲的結果，他今天晚上好像會到一家市區內的日式串燒店拍新的影片。上網搜尋一下，那間串燒店除了以會進口智利龍蝦等新鮮高級食材聞名，老闆還是有在日本串燒店工作十五年經驗的串燒老手。

來到店裡，直純看到眼前走日式居酒屋風的店面坐滿了客人，誘人食欲的雞肉香氣也飄散在店內的空氣中。

來到店裡面的兩人，一下子就找到他們的目標。

堯均現在正把手機架在桌上，他的面前已經放滿了各種肉類串燒，而且吃完的竹籤的數量已經跟一整包免洗筷一樣多。

「嗯！這裡的串燒果然名不虛傳，不管是雞屁股、雞肝還是軟骨串，全部都透過炭火烤得恰到好處，真的會讓人一串接一串吃下去……」

他一邊對著鏡頭大聲說話，一邊大口吃著串燒。不過他好像一吃進口中就直接吞下去，狼吞虎嚥的樣子讓人懷疑他是不是真的有在品嚐味道。

「不好意思，打擾一下！」

直純先走上前打招呼。被打斷的他露出有點不高興的表情。

「請問妳是？」

「你好，我是連堯雲的朋友，上次有說想要來見你。」

一聽到對方是妹妹的朋友，堯均馬上換上笑容。

「妳好妳好！妳是喜歡我的影片所以想要跟我見面嗎？我的影片現在剛好拍完了，妳想要聊天還是要簽名呢？」

他桌上疊起的盤子已經有一百多個，這一餐感覺會花到上萬元。

「我想問一下關於你的湯匙的事。」

堯均的表情不禁凍結住了。

「妳說什麼湯匙？我沒聽懂。」

「是這樣的……因為我聽說你的胃口突然變得很大，那好像是因為買了那根湯匙的關係？」

直純邊用委婉的語氣詢問，邊看著抓在他手上的湯匙。

那根湯匙在吃串燒的時候也幾乎用不到，但他卻一直抓在空著的左手上。

「這……這個是喝湯的時候要用的。還有什麼別的想聊的事嗎？像是我怎麼成為YouTuber。」

堯均的態度顯然有點避重就輕。直純連忙問：

「那根湯匙……是魔法商店的賣給你的嗎？」

「我聽不懂。」

他沒說謊。雖然他知道這根湯匙很神奇，但因為他沒注意那間店的店名，真的不知道魔法商店是什麼。

「那個……那間魔法商店的商品雖然很神奇，可是也很危險，所以……」

「不好意思，我還有別的事要做，先這樣吧，拜拜！」

堯均馬上避開這個話題，接著開始收拾桌上的東西。

「我感覺得到，那根湯匙就是魔法商店的商品沒錯。」

站在直純後面看著堯均的映恆，終於開口說話。

「那根湯匙不是你想像的那麼好的東西。要是你繼續用下去的話，說不定會有生命危險。」

「什麼生命危險，那我會怎麼樣呢？」堯均反問。

「這個還不知道……」直純用有點緊張的聲音解釋：「但是那間魔法商店的東西，就像不知道什麼時候會故障的缺陷商品，要是繼續使用，一定會有危險。」

直純拿出一張剪報，那是快半年前高級餐廳「Nourriture dorée」所在的大樓發生民眾集體發瘋的報導。

當時有人推斷是餐廳內部或大樓附近有讓人失去判斷力的化學物質外洩，但這個說法還沒獲得證實，至今真相依然不明。

「這間餐廳的店長，也用了那間魔法商店的商品，結果就因為可怕的意外死了。要是你也怎麼樣的話……」

「我會很小心，所以不會怎麼樣。」把東西收完準備要去櫃檯結帳的堯均看著直純的眼睛，繼續說下去：「而且我的夢想就要再踏出更大一步，我不會放棄這麼好的東西。」

「你的夢想比性命還要重要嗎？真傻。」

映恆用帶著嘲諷的聲調說道。

「你想用那種玩意實現夢想的話，在你爬到更高的地位前你的命就會先不保了。再說天下沒有白吃的午餐的道理，你這種成年人不懂嗎？」

「等一下，用不著講得這麼過分嘛……」直純拍了映恆的手臂好幾下要他別講下去。

「實現夢想就是比性命還要重要的東西，不好意思。」

堯均直接起身，不高興地走向櫃檯結帳，然後快步走出店外。

「……你剛才太兇了。」

直純起身看著已經走掉的堯均，輕聲嘆了口氣。

「要是態度好一點的話，說不定他還會聽我們把話說完。」

「我不覺得那種被夢想沖昏頭的人，真的能理性判斷是非對錯。」映恆的眼神有點輕蔑。

「還沒說明完就那樣酸別人，人家當然會氣到走掉嘛。」直純攤手，繼續思考下一步：「現在要重新想怎麼說服他才行了。」

「我看直接拿走他的湯匙比較有效。妳也跟他說過話了，可是他聽不進去。」

「都是你說他真傻那句害的啦。」直純搖頭。

「真的經歷過肉體痛楚的人，才不會說世界上有比性命更重要的東西這種話。」

映恆用充滿感觸的聲音說。

「要是體會過那種揮之不去的痛楚、躺在病床上無法自由自在行動的悲傷，才不會有人講這種話。他很幸福呢，沒有體會過那種不幸的折磨，可以健健康康地大聲抱怨自己的夢想不能實現有多不幸，還能講要犧牲性命這種天真的話……」

在店老闆與客人們的注視下，直純跟著映恆一起離開店裡。

直純總覺得映恆剛才那番話好像有別的意思。

※

上傳完影片的堯均覺得有點不爽。

他本來以為妹妹的朋友是自己的粉絲，結果竟然是來叫自己別繼續用湯匙的。而且另一個人還來嘲弄自己的夢想，真的很沒禮貌。

不管是家裡的人還是那些有眼無珠的外人都一樣，沒有半個人看好自己。這是他最討厭的地雷，感覺就像自己全部的人生都被否定似的。

這是他最愛的夢想，他絕對不會輕易向現實低頭。要是可以爆紅的話，自己就算要在一萬個人面前出醜也在所不惜。

自從得到湯匙以後，最近越來越常覺得肚子餓了。就算沒有參加大胃王比賽平時待在家裡的時候，也會剛在剛吃完飯就馬上覺得想要再吃更多點心。

本來一天三餐，現在堯均一天得吃六餐。

「訂閱數已經突破兩千人了，太好了……」

坐在電腦螢幕前的堯均，右手用滑鼠點擊網頁，左手不停抓著洋芋片吃著。本來的效果是只有抓著湯匙的時候才會肚子餓，但現在就算不摸湯匙，他還是吃得越來越多。

而且自己排泄出來的量也沒那麼多，感覺有點奇怪。

但不管了。目前以吸引到更多訂閱者為第一目標，真的身體不舒服的時候再去醫院就好。

最近他不只拍了到各種店家、吃到飽餐廳大吃特吃的影片，還拍了自己參加大胃王比賽的實況影片。參賽讓自己的知名度提升，現在自己在大胃王界已經算小有名氣的新人。

但要一口氣增加更多知名度的話，那就要再做更引人注目的事才行。

說到成名最快的方法，果然就是直接搞炎上吧！為了在短時間內博得最多的人氣，果然還是要下點猛藥。就像是有外國YouTuber跑到日本青木原樹海裡拍死者屍體，或是有YouTuber直播自己偷竊犯罪的過程那樣，這都是讓自己成名所做的努力，只要能紅就好了！

回歸正題，那自己到底該吃什麼才好呢？

這時，堯均的腦海閃過很棒的靈感。

「要是我可以達成世界上還沒有人達成的創舉的話，不就能一舉成名了嗎！」

堯均想到很驚人的點子，而且靠著手上的食欲增進匙，絕對可以成功！

「哈囉大家好，我是大弘紅！今天我要挑戰目前還沒有任何大胃王YouTuber辦到的事情……那就是把這間超級市場的所有食材**全部吃光**！這裡的食材已經不只是用幾盤幾碗來算了，而是用幾座貨架來算！想知道我要花多久才能吃完的話就看下去！那麼二話不說，let's go！」

堯均這天下午來到市區一間高檔超市門口，高舉自拍棒對著鏡頭大聲喊道，還拍了一下超市的招牌。

其實他腦中已經想了數十次進食的念頭。他必須吃，吃得越多就能變得越有名，而他必須變得更有名，證明自己不是毫無價值的小丑，不是派不上用場的廢人！

在喊完這段台詞以後，他馬上衝進眼前的超市。

「歡迎光臨……請等一下，還沒結帳的東西不能直接拆開來吃！」

店員一看到堯均直接衝向熟食區，馬上阻擋制止，卻馬上被堯均用怪力一拍，直接摔到幾公尺外的走道上痛得哀嚎。

他握緊湯匙，不可思議的食欲湧上，自己的腹裡傳來了更深沉而空虛的聲響。

這次從體內湧上的食欲比以前都還要大而深沉，讓堯均覺得自己好像已經餓了一星期那樣，除了吃以外再也沒有餘力去思考別的事情。

他把手機架好，然後用湯匙開始挖架上的炒麵來吃，接著是香噴噴的可樂餅、鮮嫩多汁的炸雞排，甚至還抓起一整隻看起來超美味的烤全雞，像頭野獸般大口啃食。

這場沒有經過事先許可的拍攝馬上引來店員還有店經理關切。店員們用力拉住他的手臂想阻止他，但他的怪力竟能一口氣甩開三個壯年人，同時還不停進食。

「停下來……不要再吃了……先生、你還沒付錢……」

被他推倒在地的店員再次上前想拉住他，試圖搶下被他亂咬的商品，不過同樣失敗，他們第二次重摔在地上。

「各位看到了嗎！我打敗了這間超市的店員，而且第一階段挑戰成功！耶！」

他狼吞虎嚥地把熟食區的食物全部一掃而空後，接著衝向生鮮區，還對著鏡頭歡呼。

他用雙手不停抓著眼前的進口蘋果、櫻桃、葡萄等水果塞進口中，接著再伸手抓來完全沒烹調過的生甘藍菜與洋蔥，像咬飯糰般大口享用。

那模樣實在太難看，簡直像不懂享受美味，大口吃著飼料的豬。如果堯均自己看到這部影片中的自己的話，一定也會覺得醜陋到爆。

手中的食欲增進匙的效果真的超乎想像。就算把一整座貨架上的食物都吃光了，堯均還是感覺就像胃容量擴充了一千倍般無法飽腹。

這次花了近十分鐘才把架上的水果吃完，跟以往相比花了許多時間。

比起有人吃霸王餐這件事，店長更因為有人竟然能在這麼短的時間吃掉這麼多食物還不會噎到而驚訝。

十幾個要買菜買水果的主婦站在一旁目瞪口呆，不知所措。

現在堯均的直播影片湧進了不少人進來看，旁邊的聊天室訊息也一直冒出「你瘋了嗎」、

「笑死」、「白爛當好玩」、「我要報警」這類的留言。

就是這樣子！堯均追求的就是這種被眾人環繞、注視的感覺。

不管原因是好是壞，他只要可以爆紅就好。

就算會被眾人指責，那也是他為了完成夢想的努力方式，根本就沒什麼好在乎的。而且沒辦法為夢想賭上性命的人，接下來的人生還能完成什麼大事！

再說堯均覺得自己是被逼的。自己為了成為有名的YouTuber付出的努力比誰都還多，可是得到的回報卻比誰都少。

在白忙一場以後，身邊卻連一個安慰自己的人也沒有。勸自己早點放棄的人比路上的石頭還要多，每次聽到這種唱衰的聲音，懊悔的情緒還有不甘心的憤怒總是纏繞在自己心頭。

所以自己豁出去了。為了證明自己不是一生只有無數失敗的可悲男人，他一定要不停吃下去。吃、吃、吃，現在體內無限大的胃口就是力量的泉源，就算再怎麼難看，他也只能繼續前進下去。

「哈囉各位都看到了嗎？現在是現場直播、一刀未剪，我已經吃了快要五十人份多的食物了！如果喜歡的話，記得幫我按讚、點訂閱還有打開小鈴鐺喔！」

堯均用充滿渴望的聲音說道，接著準備繼續吃下去。

就在這個時候，終於有人再次站出來阻止他。

「快把那根湯匙放下！」

口中塞滿食物的堯均回頭，看著剛才出聲制止自己的桑映恆，還有在他背後的江直純。

因為直純本來就知道這間超市，一看到堯均的直播，她馬上帶著映恆來到這裡。

「就算是要拍新的影片，做這種給人添麻煩的事是不會受歡迎的！」直純開始喊話：「而且要是再繼續吃下去，你會先撐死啊！」

嘴邊沾滿各種食物殘渣，吃相比豬還難看的堯均沒有理會，繼續啃手邊的高麗菜。

「他現在已經聽不到任何人說的話了。」

映恆發出憐憫的嘆息聲，眼神彷彿在說「果然沒救了」。

他準備要直接走過去，把那根湯匙搶下來，直純卻拉住映恆並示意他再等等。

「你看看這個。」

直純來到著魔般專注地大口啃食食材的堯均旁邊，把手機螢幕舉到他面前。

「這個是你現在的樣子。樣子一點也不帥，以YouTuber的形象來說也不及格！」

堯均瞄了她的手機螢幕一眼。

照片中的自己吃東西的樣子就跟牲畜一樣，完全看不到半點教養與魅力。

「這種影片就算播出去，大家看到你這種樣子也不會被圈粉，而且你還會吃壞身體，以後也沒辦法繼續當YouTuber了！這樣一點也不好對不對？」

堯均把水果吞下肚，開口發出有點口齒不清的聲音。

「連吃壞身體的覺悟都沒有……是不能當YouTuber的！」

「重點是這樣子很難看啊，跟其他YouTuber比起來，根本不吸引人……」映恆突然撲過來，把直純從原地推開。

被激怒的堯均竟然丟下吃到一半的食物，想要撞倒直純。如果映恆沒有反應的話，現在直純早就受傷了。

「妳說誰不吸引人？」

被激怒的堯均大聲反問。

「妳知道我很努力地想了多少梗，每天又花了多少時間努力製作新作品嗎！可是每一個大家都說不吸引人，這種不行，那種也不行，我已經快要被逼瘋了！快要死了啦！我現在只能繼續做下去，只要可以變成名人……就算犧牲點健康不也值得嗎！」

「以為犧牲什麼就一定會變成眾人擁戴的英雄，這是幼稚的想法。」映恆毫不留情吐槽。

「想要得到名聲還有成就，本來就不是什麼簡單的事，你只是不知自我反省，只是做了方向錯誤的努力就覺得自己一定要獲得成果，然後陷在這種情緒裡面自怨自艾罷了！」

堯均的面容因為憤怒而扭曲，讓他現在的模樣更醜陋了。

「不要妨礙我的直播！」

他上下揮舞著雙手，抓在手中的那根食欲增進匙也跟著在燈光下反射不祥的光芒。

堯均直接衝向映恆，他的身體被堯均衝撞，讓他跟著後方的貨架一起被撞倒。架上的貨物被撞得七零八落，其他客人們也尖叫著逃竄。

被嚇得暫時無法動的直純想把映恆扶起，但映恆比了個退後的手勢，重新站起。

「快滾開啦！」

堯均像趕流浪狗般粗魯地大吼。看似瘦弱的堯均卻有跟重量級摔角手差不多的怪力，連力氣比一般人還強的映恆都覺得有點棘手。

「你沒事嗎？」

「沒事……只要搶走那根湯匙就行了。」

映恆輕盈地從原地跳起，像貓一樣靈活地跳到堯均背後。他伸手想搶走湯匙，堯均的手卻握得比鎖上的螺絲還要緊，在快要拔出來的時候，堯均已經一拳揍過來。

映恆用手接下他的拳頭，站穩後再抬腿踢向他的腹部。堯均被踢得退後幾步差點跌倒，映恆看得出他沒有武術基礎，只是空有蠻力而已。

「那就這樣吧！」

映恆繼續以踢擊進攻，同時等待他的破綻。對方已經公開鬧事鬧得這麼大，只要警察趕到現場，要壓制他也不是難事。

「啊啊啊！」

堯均單手抓起一旁客人留下的購物推車，像丟棒球那樣輕鬆把推車摔向映恆。但映恆的反應也比常人靈敏好幾倍，就算堯均又摔了幾輛推車也照樣躲過。

但看到堯均現在像野蠻人那樣亂吼亂摔的模樣，看來目前要說之以理是不太可能了。

要是再這樣打下去，超市的損失會越來越重，而且。那根湯匙的效果不只有讓他成為大胃王，顯然還會讓他失去理智。

直純從地上爬起來，這時她看到地上的一只瓶子，腦中閃過一個念頭。

直純用力扭開瓶蓋，確認裡面的內容物還夠用，連忙對著映恆喊：「退後！」

她衝過去，朝著像發狂猛獸般堯均臉上潑下去。他的眼睛因為被液體滲入，痛得看不清楚前方。

趁著他暫時失去行動力，直純再把瓶裡剩餘的液體朝他的手潑灑。

那是一瓶高級橄欖油。

大量的油淋在他的身上，讓他全身看起來油膩膩的。

在堯均試著找水把眼裡的液體清洗掉的時候，他卻感覺自己體內的飢餓感好像正在消失。到剛才為止明明都還餓得要命，現在卻總覺得很快就有飽足感出現。太奇怪了，是湯匙失去力量了嗎？

當然，食欲增進匙依然在他手上，只是因為堯均的手上也沾滿了橄欖油，他的手指再怎麼用力，依然很難抓緊這根湯匙。

這正是直純靈光一閃想到的方法。如果他只有在抓住湯匙的時候才會得到這麼好的胃口的話，那麼只要想辦法讓他無法抓住湯匙不就好了？

映恆也抓緊機會，一個箭步衝向前，接著滑順地抽走他手中的湯匙。

「我的湯匙……」

突然間，堯均發出一陣痛苦的呻吟。因為吃到一半時湯匙脫離他的手中的關係，他的腸胃像是瞬間灌滿東西般痛得要死。

他滿頭大汗，倒在地上痛得打滾，甚至開始大口嘔吐。首先是剛才吃掉的水果，再來是還沒消化掉的熟食、肉片、麵包還有一大灘不知道是什麼食物的爛泥……

爛泥越吐越多，多到超越成年人胃袋能裝得下的容量，如果他吐在游泳池裡的話，說不定還可以讓堯均在自己的嘔吐物裡溺斃。

旁人再度發出一陣驚呼，超市也變成惡臭地獄。店經理連忙叫救護車，讓鬧劇落幕。

但幸好那根湯匙被映恆抽走，不然他會在什麼都感覺不到的狀況下，吃到自己的內臟全部爆炸死亡為止，那樣子會比現在更糟上千倍。

人群中傳來「唉」地一聲長嘆。

聲音的主人是魔法商店的店員白雨芯。從剛才開始她一直觀賞著客人引發的鬧劇。

「竟然被他們阻止成功了。」

那根湯匙之所以能讓人食欲大開，是因為它擁有把使用者吃掉的食物濃縮起來，儲藏在體內並慢慢轉換成能量的功能。他會有那樣的怪力，也是因為湯匙轉換的能量的關係。

但是使用者吃太多或是途中放開湯匙，都會導致原本濃縮起來的食物將一口氣變回原樣，使用者就會像灌了太多水的水球一樣爆炸。

要不是那兩個人來礙事的話，再過一會他吃下的食物就會累積到讓那個男人爆炸的量了。

「真是可惜！」

雨芯用聽不出惋惜的語氣說完，邊吹口哨邊悄悄離去。

※

在那之後，不只堯均的「吃光整間超市！」企劃泡湯，他因為吃了太多食物造成腸胃阻塞，緊急送醫急救。

不只他當天吃下去的食物，他的腸胃裡還發現許多以前吃過的食物全部都堵塞在胃腸道裡面，就好像他的腸胃都沒有消化似的。

幸運的是手術清除體內的食物殘渣後，他撿回一條命。

不過因為他直接在自己的頻道直播自己犯罪鬧事的過程，不只讓他的帳號遭到官方強制刪除，媒體更是大篇幅報導這次事件；各家新聞台都再次拿網紅為了衝人氣不擇手段犯法的議題做文章，堯均引發的事件也提供了其他社會評論型YouTuber們製作新影片的題材。大部分的人都批評這種行為顯示社會的價值觀極度扭曲，但也有少數人稱讚堯均這麼做很帥。

超市因為損失大量食材、店裡被弄得髒亂不堪，再加上他打傷好幾名店員，店經理已經準備好要向堯均提告竊盜罪與傷害罪。

徐媽媽知道這件事，痛心得想到病房裡甩堯均幾十下巴掌。

這次意外雖然害堯均肚子痛到死去活來，但撿回一命後，也讓堯均反省了不少事。

「妳哥哥在那之後還好嗎？」

幾天後直純跟堯雲在校門口拿上課講義的時候，直純關心地問。

「他說以後不會再做那種事了。」

堯雲的心情相當複雜。

「目前他身體復原的狀況還可以，只是剛開完刀的關係，他吃得很清淡。」

「沒事的話就太好了……」直純鬆了口氣：「那他還會繼續當YouTuber嗎？」

「他說他想引退了，也會趁休養的時間想想自己真正想要行進的路線。那天要是你們沒有阻止他的話，說不定他真的會像瘋掉一樣繼續吃下去呢。」

堯雲嘆了口氣。

「要是他以後聽話，不要再給大家添麻煩就好了。」

「不管做什麼事，首先要想的是有沒有意義。要是連自己都不知道自己這麼做的意義在哪，或是不知道自己想傳達什麼理念的話，做了當然容易失敗啊。」

聽完直純的話，堯雲只是莞爾一笑。

「我會這樣跟他講的。不過要是可以的話，我比較希望他別當專職YouTuber了。」

抱著講義影本的直純目送堯雲離開，這時映恆正好穿過放學人群從另一邊來到她身旁。

「她的哥哥還好嗎？」

「好很多了，現在還在休養。」

「至少他還活著就已經很幸運了。妳那時候的靈機一動也很有用。」

「欸嘿嘿，你這麼說我會害羞啦。」

「可是妳的方法會成功，真的是運氣好。如果那個地方沒有可以用的油的話，最後還是要我來打倒他才行。世界上大部分的人根本不會聽妳講話，幸好這次對方只是想受歡迎而已，不會做更危險的事。」

「你也太悲觀了，大部分人只要好好跟他講就會聽吧？」

映恆不禁用看著幼稚小孩般的眼神望著直純認真的臉。

「那就祈禱妳下次遇到的客人還是個願意對話的人吧。」

看到映恆好像有點不屑的表情，直純也不太服氣地回擊：「幹嘛啦，你不相信我嗎？」

「我才沒有那樣講。妳還沒遇到所以沒辦法理解。」

這時的直純還不明白，自己未來會遇到什麼樣超乎想像的壞蛋。

第二章　梅杜莎變身髮箍

白雨芯在休息時間，也喜歡在人類的市街上閒晃。

一來她可以觀賞人類的各種喜怒哀樂，二來也可以瞭解最近人類又發明了什麼有趣的東西，或許可以得到製作新的道具的靈感。

就算現在的自己的外表就跟高中生一樣，但依然是個美貌非凡的美少女。走在路上隨時都會有男人指指點點並高興地討論自己，不過雨芯都充耳不聞，畢竟現在的她對玩弄男人沒興趣，就像人類養寵物一段時間後，就會因為厭倦而懶得帶寵物出去散步是一樣的道理。

她想要看各種人類得到力量以後做出各種蠢事的模樣。人類雖然蠢，但也不得不承認他們在某些方面非常天才，像是發明出智慧型手機這種既方便又能輕易讓人上癮變成廢人的工具，這種讓人自然地墮落的點子雨芯很喜歡。

事實上她在路上閒晃還有第三個原因。

那就是找到需要推薦商品的客人。

而今天雨芯很幸運地，在一座大橋的步道上遇到了那樣的客人。

這時已經是接近晚上十一點，橋上除了呼嘯而過的車輛幾乎見不到任何人影。

但有個哭泣的女孩子倚靠在欄杆邊，望著橋下黑暗的河面，而她的瞳孔裡面也只有黑暗的失望。

這時女孩開始動起來。

她用力攀上大橋欄杆，接著整個人站到欄杆上方。只要她的身體再往前傾，她就會整個人跌進河裡，然後就這樣前往陰間。

雨芯站在旁邊觀察她的動作，腦中也思考著為了向對方搭話所能用上的內容。

這時，女孩從橋上跌落了。

在她跌落的瞬間，雨芯也及時伸手把她拉住。

這個女孩擁有姣好的臉蛋，髮質也相當好，到底有什麼理由要尋短呢？

被拉住的她一臉錯愕地看著雨芯，畢竟這是意外狀況。

但更叫人意外的是，她的救命恩人竟然只用左腳勾住橋的鋼骨邊緣，整個人幾乎倒吊在空中抓住自己。女孩剛才明明沒看到任何人，但眼前的神秘女子就像瞬間移動到欄杆邊，接著動作熟練地救了自己一命。

「真是千鈞一髮呢！」

倒吊的雨芯像甩動玩偶般輕鬆地把女孩拋回橋上，接著自己也輕盈地跳上橋面。

「妳沒事吧？」

一臉害怕的女孩連忙搖頭。面對突然出現還有這種超人怪力的人，就算對方是年紀看起來比自己還小的美少女，還是會讓人覺得很驚悚。

「謝謝妳……我……我要走了。」

把直長髮綁成雙馬尾的女孩有點害怕地道謝完，準備離開。

「可是妳的樣子看起來很糟，真的不需要幫忙嗎？我的店裡面正好還有一些點心，讓我泡一些熱茶招待妳吧！」

雨芯邀請女孩的笑容，讓女孩的戒心不自覺地放鬆一些。

「我跟妳又不認識，妳也不用幫我……」

「我不認識妳沒錯，可是世上大部分人都不會見死不救喔！喝點茶還有吃些點心讓身體暖和點，不介意的話，順便讓我聽聽妳的煩惱吧！」

雨芯的聲音柔和得讓人不自覺地感到放鬆，聽在內心疲累的女孩耳裡，簡直像綠洲的泉水般充滿救贖。

「一下子的話……沒關係。」

「反正我的店裡面也有空的床鋪，如果很累的話，在我的店裡面睡一晚也沒關係！」

「妳的店？」

「我是這附近的雜貨商店的店長喔。」

雨芯帶著女孩回到商店街上。她輕輕一彈指，「德吉洛魔法商店」的招牌隨即在不遠處輕輕亮起。

這塊招牌也有特殊的設計，只有符合特定條件的客人才能察覺到招牌與店面的存在，在不符合條件的客人眼中，只會看到空盪盪的店面而已。

女孩張大嘴巴，不知道是因為看起來很年輕的雨芯竟然是店長這件事讓她很驚訝，還是有間從沒看到的商店出現這件事讓她很驚訝呢？

一開門，一陣香甜的奶油餅乾的香氣散發出來，身後的女孩不禁深深吸一口氣。

「妳看起來有點餓呢，先吃幾塊餅乾吧！」

雨芯從櫃檯後面拉了張椅子讓她坐下，並將一盤奶油餅乾遞到她面前。

讓女孩先吃飽以後，雨芯才開口發問。

「妳遇到了什麼無法解決的煩惱嗎？」

女孩沒有馬上回答，只是低頭一直吃著餅乾。

「是經濟方面出現問題嗎？」

女孩依然沒有反應。

「那麼……是人際關係的煩惱嗎？被朋友背叛，又或者是失戀了？」

從女孩突然變得凝重的表情來看，雨芯知道猜中了。

「可見這個人在妳心中一定是很重要的人呢，不然妳也不會難過到跳下去了。是被男朋友甩了嗎？還是捲進什麼複雜的關係裡面呢？」

她情緒激動地用力點頭，然後很小聲而緩慢地問。

「請問……如果妳發現男朋友跟別的女生在一起，而且他們還聯合其他人一起排擠妳，還散佈妳的謠言的話……妳會怎麼做？」

「我會反擊回去。因為對方奪走我心愛的男人還敢陷害我，而我又不做點什麼的話，最後毀掉的就是我的人生。」雨芯像直覺反應般流暢地回答。

「反擊……」女孩小聲重複雨芯的話，她對這個答案感到錯愕。

「這種時候透過行動反擊是必要的。就算只是一點細微的反抗也好，那也勝過像待宰羔羊一樣坐以待斃。更何況過分的人是他們，憑什麼是妳要走上絕路呢？」

女孩因為終於遇到願意傾聽她的心聲的對象，忍不住開始落淚。

「我對那個男生……一直都是真心的。我跟他在一起的時候，我也做了很多努力，也想過自己還可以再做什麼。可是……不管做了什麼，最後還是沒辦法挽回一切，而且……整個系上的人都相信她的謊話，全部都站在她那邊然後指責我……根本沒有人願意聽我說的話，甚至還在LINE群組上傳我的謠言……」

她一口氣把自己失戀遭到背叛，接著無緣無故遭到排擠、被曾經的朋友無視，最後到自己在系上孤立無援，心痛得決定一了百了的事全說了出來。

她擦掉眼淚，把心事說出來讓她腦袋冷靜一些。

「如果可以的話，要不要讓我助妳一臂之力呢？」

「咦？妳要做什麼？」

「其實我開的店是也有販賣不可思議的商品的魔法商店，要解決這種問題的話，簡直是小菜一碟！對付這種沒有半點同情心的人，就要使用魔法的力量喲！」

雖然事實大都被她說中，但女孩還是不懂「魔法」指的是什麼。

「我……我不知道什麼魔法，我又不是魔女……」

「不會魔法也沒有關係！在這邊等我一下，讓我推薦一件非常適合妳的商品！」

雨芯走向店裡最後方的房間，一分鐘後帶著一只紅色髮箍回來。

「這個是『梅杜莎變身髮箍』。」

「梅杜莎？」女孩一頭霧水。

「只要戴上這種髮箍的人，就能得到像梅杜莎的力量，讓對方直接石化。」

女孩用像在說「這個人精神正常嗎？」的懷疑眼神看著雨芯。

「我沒有開玩笑，這是真的喔。既然對方對妳這麼絕情，那麼妳也不需要再心軟了。」

「是這樣子沒錯……可是我不想殺人。」女孩聽到石化兩個字，隨即搖頭。

「就像警察槍決死刑犯本質上也是殺人，但這是為了社會的公義做出的行動。妳這麼做並不是屠殺，而是阻止這些人再繼續殘害下一個像妳這麼善良的人！」

雨芯輕輕握起女孩的手，誠摯地說道。

「妳叫什麼名字？」

「丁瑋婷。」

「真是美麗的名字。瑋婷，妳自己的未來就只有妳自己才能改變，如果妳不反抗的話，那麼妳現在還有別的辦法嗎？錯過今天的機會，說不定這個髮箍下次就被別人買走了，到時候妳不會後悔嗎？更何況讓那對壞人繼續踐踏更多無辜的人，沒關係嗎？」

聽到這句促銷台詞，瑋婷動搖了。

「可是……它很貴吧？」

「不會，只要四十元而已。要試用嗎？」

瑋婷輕輕伸出顫抖的手，接下那只紅色髮箍。

雖然紅色髮箍摸起來沒什麼特別的地方，材質也只是普通的木材，但它的周圍卻隱約散發著讓人像是見到某種魔物般，有點不舒服的無形氣息。

雨芯親手替瑋婷戴上髮箍，接著從櫃檯下拿出裝著一隻白老鼠的飼育箱。

「只要盯著牠的眼睛，心裡想著『變成石頭』，牠就會變成石頭囉。」

要讓對方石化，真的有這麼簡單嗎？瑋婷看著白老鼠那對無辜的眼睛，心裡默念「變成石頭」。

白老鼠突然停下動作，牠的身體開始僵硬，從前腳開始變成灰色的石頭，接著全身都染上絕望的灰色，化作不會動的老鼠石像。

「哇啊！」

雨芯把石像從箱裡拿出來，讓她確認這不是騙局。

「就像這樣，對方只要跟妳對上視線就會石化。」

「我看到鏡子的話……我自己不就會石化嗎？」

希臘神話中，只要直視梅杜莎眼睛的人都會石化，要是用了這種東西，說不定自己照鏡子時就會不小心讓自己石化了。

「雖然使用者會得到讓人石化的力量，但我保證使用者不會因為鏡子或像鏡子的東西的反射而受害。」

事實上英雄珀爾修斯在對付梅杜莎的時候，也只是利用光滑盾牌的倒影確認梅杜莎的位置，然後再割下她的頭，由此可知從鏡中看見她的人不會有事。

瑋婷顫抖的手，已經不知不覺把四十元遞給雨芯。

「感謝購買，向那個渣男復仇還請加油！啊對了，順便提醒您一件事。」

雨芯笑吟吟地再補充一句。

「接下來說不定會有兩個少年少女來妨礙您復仇，到時候可以不用客氣，直接反擊喔。」

※

直純與映恆今天約在午後的運動公園裡見面。

映恆好像覺得每次見面都要約在要花錢的咖啡廳或早餐店有點膩了，所以這次決定換個寬闊點的地方。

「久等了，你在這裡做什麼？」

映恆正蹲在地上，微笑著撫摸一隻跟主人一起散步的柴犬。

不怕生的柴犬開心地舔他的手指，讓他也跟著高興地笑了幾聲。

「原來你喜歡狗狗啊。」

「是啊，狗很可愛。」

摸完柴犬的頭起身的映恆開心地笑著。

「我也很喜歡可愛的狗狗與貓咪呢！有空的時候一起去貓咪咖啡廳吧！」

「我們有更重要的事要做。」映恆口氣依然有點冷淡。

「真是小氣，偶爾去貓咪咖啡廳還是狗狗咖啡廳一起跟狗狗玩很棒啊！在那裡的話就可以摸狗狗摸到飽喔！」直純還是不放棄地繼續邀請。

「……要玩的話，等一下的事情解決再說吧。」映恆好像也沒辦法抗拒狗狗摸到飽的誘惑，雖然聲音很冷淡，但嘴角卻忍不住上揚。

映恆今天把直純叫出來的原因，就是他找到了一位曾經光顧過魔法商店，後來依然活得好好的客人。

得到魔法商品的客人，最後的下場通常都是遭遇不幸或身亡。但映恆找到的這個人不只沒有遇到不幸，至今依然平安。

如果可以弄清楚這個人做了什麼關鍵行動逃過一劫的話，或許就能找到通往勝利的鑰匙。

「你說的那個人是怎麼活下來的？」

「對方說當面再解釋。」

當直純心裡想著對方是什麼樣的人物時，那個人現身了。

對方是個年約二十幾歲的女性。她穿著桃紅色洋裝，頭上戴著遮陽淑女帽，留著黑色短髮。雖然見到映恆時她露出有禮貌的笑容，但直純總覺得她的笑容背後好像藏著不安。

「你們好。」女性溫和地向兩人打招呼，然後來到一旁的長椅上坐下。

「如果你們想要找到那間店然後買東西……勸你們還是不要。」

「正好相反，我們要毀掉它。」

映恆說完自己的目的，進入正題：「所以才要請妳告訴我們，妳在那裡買了東西之後有沒有做什麼特別的事，後來才避免掉不幸的意外？」

女性毫不猶豫地搖頭。

「我什麼都沒做。」

「咦？難道沒有做些像在身上戴護身符還是請神父驅魔的事情預防嗎？」直純不禁訝異。

「沒有。」女性苦笑：「而且我覺得就算自己被詛咒，也沒有資格埋怨。」

「為什麼？」

「因為我為了報仇，用那間店的商品殺了仇人。」

女性說出叫人震驚的答案。
「妳說妳殺了人？」
因為直純驚訝到忘記控制音量，映恆還得伸手把她的嘴巴摀住。
「沒錯……因為那個人是泯滅人性的殺人魔，只有這樣才能讓他得到報應。」
她用相當平靜的聲音說下去。
「我哥哥被那個殺人魔開車撞死，但是法律根本沒辦法制裁殺人魔，所以我只能用魔法讓他淹死。
而且我買的東西在那之後就全部用掉了，之後我什麼也沒有做，也沒有再去那間店買別的東西。我能告訴你們的真的只有這樣。」
女性只說到這。不過要是真的殺了人還肯透露這些事情的話，她的態度已經算是非常配合了。
「那麼您後來有再見到那個看起來像高中生的店員嗎？」
「那天打過最後一次招呼後，就沒有再見面。我現在連那間店所在的街道也不會靠近。」
從她的語氣聽得出她完全不想再跟魔法商店扯上關係。
「謝謝妳告訴我們這些事情。」
雖然沒有得到線索，但映恆還是向女性道謝。
「我也要謝謝你們聽我說這些話。」

女性低下頭，她不安的表情彷彿被什麼無形的聲音責備。

「雖然用魔法的力量，我可以撇清嫌疑，可是……殺人就是殺人，復仇結束之後，人的心裡真的就只剩下空虛與罪惡感。

就算一直催眠自己，這麼做是為民除害，但我還是感到害怕……因為我也沾上血腥了。」

「那不是妳的錯！都是因為那間店提供了道具，才誘惑妳這樣做嘛！」直純鼓勵。

「妳可以幫我們的話，就可以阻止更多人受害，我覺得這也是贖罪的方法。」

女性點頭，但不知道有沒有把兩人的話聽進去。

這時直純手機的LINE突然響起來，是堯雲傳來的訊息。

訊息內容是「我找到奇怪事件了」還有一個網頁連結。

看了連結的直純，臉色跟著變得凝重。

「映恆……有奇怪的事情發生了。」

因為上次直純拯救了堯雲的哥哥，大致明白事情始末的堯雲也答應一起幫忙尋找不尋常的怪事，並隨時通知直純。

「你們要走了嗎？」

「差不多了。如果妳想到什麼的話，隨時都可以告訴我們。」

映恆有禮貌地說完，同時給了女性一張留有聯絡方式的紙條。

女性接下紙條並輕輕點頭，她還在猶豫自己該不該聽這兩個孩子的話。

※

堯雲傳來的討論版連結裡寫到，西仁大學有二十幾名學生突然無故失蹤，而且學校宿舍後面發現了變成石像的學生。連結裡面還有一張校內學生拍的照片。

人類石化在神話傳說裡面並不稀奇，但直純還是第一次在現實中遇到這種事。

兩人一下子就順著人群找到事件現場。

外面擠滿好奇圍觀的學生。映恆沉默地輕輕推開兩旁的群眾，來到女生宿舍後方的空地前。

那裡有一尊坐在欄杆上的灰色女性石像。

「那個是尤佳薇嗎？跟她長得好像！」

「她好像昨天傍晚就不見了……」

從四周學生的對話判斷，石像的模樣跟校內一名失蹤的女大學生一模一樣，臉上雕刻著張大嘴巴的驚恐表情。

從正常角度來想，學校當然不會把藝術品放在這種只有抽菸的人才會來的角落，再加上有學生失蹤，當然會有人這麼想。

但警察當然不會採用這種說法。加上當事人失蹤還不到四十八小時，就算報警警方大概也不會有動作。

「呼……呼……那個到底是……」

因為一路跟著映恆從校門口跑步衝刺到這，直純氣喘吁吁地看著映恆湊到石像前方觀察。旁邊雖然有大學生想阻止他，不過被映恆無視了。

「那個真的是被石化的人嗎？」

「不確定。但是以雕刻細節來說太細了，連髮絲跟衣服的皺摺都刻得很清楚，而且沒人會幫一個學生製作雕像。」

「那就先調查這個人吧！不知道哪裡可以找到認識她的朋友呢？」

要得到更進一步的資訊，首先得找到那個叫尤佳薇的人的朋友。

「說不定那群人就是了。」

映恆淡淡地指向宿舍門口附近的一群女生，她們正在拍肩安慰另一個低頭哭泣的同伴。

「對喔……只有朋友失蹤的人才會在這種時候哭嘛！」

直純走近那群人，然後輕聲搭話：「不好意思……請問妳們是尤佳薇的朋友嗎？」

「妳是誰？」女大學生們困惑地反問。

「啊……我是佳薇的表妹。因為昨天一直聯絡不上她，所以我才到這裡來，想知道發生了什麼事。」

雖然兩人不是校內學生，但兩人看起來也跟大學生差不多，她們以為兩人真的是佳薇的親戚，很快就說出兩人需要的消息。

這個叫尤佳薇的人在昨天晚上為了買宵夜，獨自一個人出門。但是都過了門禁時間，卻始終沒有回來。

同學雖然打了她的手機，但完全打不通。她的朋友們一起到外面找她找了一整夜，卻找不到任何人。

更糟的是，一起幫忙找她的十幾個男生也全部失蹤，現在也找不到人。在她們看到跟尤佳薇一模一樣的石像後，不祥的預感更將她們澈底壓垮。

「我知道了。」

直純點頭保證：「我一定會把她找回來的。」

「等一下，不要亂答應這種事啦。」映恆小聲制止。

「沒關係啦。」

直純接著又在宿舍附近找到其他系的熟人，然後問到了更詳細的資訊。

尤佳薇是營養學系的大三生，家庭背景相當普通，根據系裡面認識的人所說，她的個性相當和善，平時也沒有做過任何跟人結怨的事。

但外表看起來很和善，不代表私底下真的什麼也沒做。

雖然問到受害者的資訊，但接下來還得找到有動機下手的人。

「會找普通大學生下手的人，一定是她的熟人吧？」

「路上隨機搶劫或隨機殺人的人也會下手啊。」

「那樣也可以把範圍鎖定在校內，隨機搶劫的人才不會跑進到處都是學生的學校搶劫呢。」

映恆「嗯」了一聲表示同意。

「所以，我覺得接下來可以找有住在女生宿舍裡面的人。如果是預謀的話，就只有同樣住宿舍的人才會知道她什麼時候要出門。反正你靠近對方就能知道是不是商店的客人，那我來聯絡各種嫌疑人，你就一個一個看就好。」

「妳也知道要用有效率的方式呢。」

「蛤，當然知道啊，別瞧不起人喔！」

要找到認識尤佳薇的人並不是難事。直純繼續請求剛才那群女大學生告訴自己更多情報，但對方似乎覺得直純相當可疑，轉頭就離開現場。

在直純鍥而不捨地追問下，她總算找到願意談話的對象。

對方名叫程秀瑄，是跟尤佳薇相當要好的朋友。在佳薇失蹤以後，她也一直東奔西走想找到她，直到剛剛才回到學校。

聽到有人要找自己，秀瑄在半小時後來到宿舍的交誼廳裡。

「有什麼事情嗎？」

程秀瑄雖然有一頭漂亮的長捲髮，但現在卻因為忙碌的關係而看起來相當雜亂。

「我想要請教，佳薇最近有沒有跟誰吵過架，還是跟誰有過節呢？」

「妳問這種事要幹嘛？」

秀瑄口吻不太客氣，反應彷彿接到惡作劇電話。

「她會失蹤，說不定就跟那個吵架的人有關。只要能見到那些人，我就能找到兇手了！」

秀瑄用不太明白的眼神看著直純：「妳知道什麼嗎？突然出現在宿舍後面的佳薇的石像是怎麼回事？」

「這個我們也還不清楚，可是我們也在找那個兇手，只要能鎖定對象就可以知道兇手做了什麼。所以才要請妳告訴我們這些事！」

對方靜靜思考直純說的話。

「反正又不會收妳錢，讓事情有更進一步的突破，對妳們也有益無害啊。」映恆再補充一句。

「你們真的知道要怎麼做嗎？」

「對！」

秀瑄點頭，看來是答應了。

「最近的話，我們系上有一個人跟佳薇不合。因為她是佳薇男朋友的前女友。」

「所以是三角關係？」

「勉強算。那個人為了復合，還跟佳薇吵了好久，最近好像還變得有點情緒不穩。」

秀瑄用手機調出那個人的臉書給兩人看，她的名字叫丁瑋婷。

相簿照片裡面的瑋婷，看起來是很普通的開朗女孩，她的笑容燦爛得跟痛下毒手四個字幾乎扯不上關係。

「有辦法聯絡到她嗎？」

「她外宿，然後我現在也不知道她在哪，因為她好幾天沒來上課了。」

「可以帶我們去她住的地方嗎？」

嗅到不尋常味道的直純馬上拜託秀瑄。

「一定要去嗎？我不太想見到她……」

「現在什麼樣的線索都要試試，拜託妳！」

秀瑄有點不情願，但還是帶著兩人來到大學附近的小巷弄裡。

裡面有一棟老舊三層公寓。秀瑄指指二樓，示意瑋婷就住在那裡。

映恆直接走上二樓按下門鈴，沒人應門。

「這種出租雅房一定是好幾個人住一起，不會有人應門啦。」直純邊說著邊伸手轉大門門把，結果竟然一拉就開了。

裡面真的是分隔成三間的雅房。陰暗走廊上離門口最近的房門半開著，裡面沒有人。

映恆準備直接走進去確認，但馬上被直純拉住。

「等一下啦，直接跑到女生的房間裡面也太沒禮貌了！」

「現在不是說這種事的時候好不好。要是對方做了什麼危險的攻擊怎麼辦？」

「你直接闖進去更容易激怒對方吧！這種時候還是跟平常一樣就好了嘛。」

「跟平常一樣是要怎麼做？」映恆對直純的回答有點不滿。

「先找到房間主人再說。要是擅自闖進去的話，我們不就跟小偷一樣了？」

「等到妳見到對方就來不及了。」

映恆最後還是直接進去了。燈一開，他的視線馬上就被不尋常的擺設吸引。

那是一尊擺放在桌上的鴿子石雕。

一般的石雕都是雕刻鳥類展翅高飛的模樣，但這尊石雕卻只刻出鴿子收起翅膀伸長脖子站著的模樣，以擺設來說其實不算很美麗。

「又是石雕？」

映恆看了一眼書桌上的照片，確認這裡的確是瑋婷的房間後，馬上想到這件事。

「她的房間裡面還放著其他雕像耶。」

直純環視房間，地上、櫃子上也放著像是老鼠、麻雀等小動物的雕像。但一般來說不會有人製作咬著廚餘的老鼠噁心模樣的雕像，這些雕像讓直純下意識感到不舒服。

把眼前的景象跟剛才在大學裡出現的詭異雕像聯結起來，兩人都明白了。

「這些該不會……」

「就是那個『該不會』。」映恆點頭，肯定直純的想法。

「它們不是雕像，是被**石化的動物**。」

「感覺真讓人不舒服……」直純不禁打了個冷顫。

「從剛才學校裡的雕像到這間房間裡的動物雕像，這個人有可能得到了可以讓生物石化的力量。」

說到石化，最有名的就是像蛇髮女妖梅杜莎那樣，讓所有看到自己眼睛的生物全部變成石頭的怪物。

要是這種能力出現在真實生活中的話，那真的讓人毛骨悚然。

只要對上視線就會馬上變成石頭，難道要像神話那樣準備像鏡子的盾牌，才能壓制這個客人嗎？

「感覺好可怕。」

直純的聲音壓不住恐懼。

「只是防止石化的話還沒什麼，可怕的是對方受到刺激的話，不知道會做出什麼失控的行為。」

「所以我才說要避免刺激對方啊……」

門口突然傳來秀瑄的哀嚎聲，打斷兩人的對話。

秀瑄倒地的聲音在哀嚎聲之後傳來。兇手的身影從半掩的門後現身，警戒地確認闖進她的房間的不速之客。

「你們是誰？小偷嗎？」

有個戴著髮箍，臉蛋在同樣身為女生的直純眼中也相當漂亮的直髮女孩，用有點警戒的聲音問道。

「妳就是丁瑋婷嗎？」映恆直接問道。

「這裡是我的房間……是你們要先回答我的問題才對！」

她的手上抓著一塊形狀像長了四條腿的生物的石頭，那是剛才女孩用來把秀瑄打昏的兇器。

「對不起。」直純連忙先道歉：「因為房門沒關，所以我們就來……看一下？」

女孩警戒地確認眼前兩人的模樣。

「為什麼你們會知道我的名字？」

瑋婷緊抓手上的石塊，完全不敢大意。

「我們在調查石像的事情時問到的。」映恆靜靜解釋：「就是在大學的女生宿舍後面，那裡有一座跟妳的同學一模一樣的石像。」

瑋婷瞪大雙眼，思考兩人的身份。

「而且妳的房間裡也有石雕，加上妳剛才打了妳的同學……」

「你們查得好快。」她淡淡地說道：「不管你們是誰，我現在不能讓你們走了。」

「我本來就沒有要逃跑的意思。」

映恆直接來硬的，就算對方是女生，他也毫不留情朝對方直衝而去，伸手將她扭住。

「等……」

直純來不及阻止，映恆已經來到她身後並將她緊緊架住。他的身手快得就算在這種狹窄的房間裡也能像蛇一樣靈活移動，比同齡少年還要強。

結果瑋婷往前一翻，映恆整個人反而摔在地上。

有些失去平衡的瑋婷隨即重新站好，當直純藉著窗外微光看清楚她的模樣時，不禁停止呼吸。

她的肩膀邊有黑色的蛇在爬——而且還是數十隻。

「那是什麼？」眼前景象太過衝擊，直純只能強忍著恐懼問道。

瑋婷臉上完全沒有蛇在身上爬的恐懼，依然維持著平靜的表情。映恆從地上爬起來，他發現剛才有東西纏在他的手臂上，那是來自瑋婷頭上的黑蛇。

「不用擔心，這些蛇沒有毒，要是你們安靜點的話，我也不會傷害你們。」

「那是魔法商店的商品帶來的力量嗎？那個不可以再用了，再用下去的話妳會遇到更可怕的事啊！」

「我現在的人生已經夠可怕了，沒什麼好再怕的。」瑋婷聳肩。

她那頭直順的秀髮，如今化成無數條黑蛇，在她的頭上盤繞著。石化的力量再加上蛇髮，一看就知道她用了讓自己化成梅杜莎的道具。

本來就沒打算勸說下去的映恆，再次從後方撲向瑋婷。

這時，無數黑蛇察覺敵人的動作，牠們同時纏住映恆的四肢，並且用比普通的蛇更強勁的力道把映恆完全固定，彷彿四肢被十個人同時用力按住。

瑋婷的頭輕輕一甩，她頭上的黑蛇便以五百倍的力量把映恆摔到牆上。牆邊書架因為強烈撞擊整面倒塌，桌球賽的優勝獎牌與課本散落滿地。

瑋婷用蛇髮把地上的雜物掃開，看映恆的受傷狀況。

「你們就是白雨芯小姐說的來妨礙我的人嗎？」

她突然提到白雨芯，讓直純內心一驚。

「我當作你們默認了。」瑋婷確認答案後輕輕點頭：「不過我剛才也說了，只要你們不要再來妨礙我，我就不會傷害你們。」

「為什麼要把那些人變成石頭？」

「我不想回答。」

「那些人做了什麼罪大惡極的事，需要這樣傷害他們？」

「他們聯合起來毀謗我，這樣夠不夠罪大惡極呢？」

瑋婷頭上一部分的黑蛇伸長，接著把直純全身捆縛起來。

「請你們兩個現在暫時睡一下吧。」

黑蛇用讓直純覺得自己快被勒死的力道綁住她。當直純以為自己要被勒昏時，瑋婷走到自己面前，然後用一塊散發藥劑氣味的布摀住自己的鼻子。

※

不知道過了多久，直純醒來。

她隱約記得自己吸到什麼東西，然後就昏睡過去。直純連忙睜大眼睛確認身邊環境，她看到頭頂有一顆發出微光的昏黃燈泡閃爍著。

這裡是看起來像鐵皮屋工寮的房間。牆邊堆著沒用完的水泥、鋼筋、鐵鏟、鋁梯等工具，房間中間放著一張骯髒的白塑膠桌，地上都是砂土。

直純被人用繩子綁在一張鐵管椅上，而昏過去的映恆也被人用塑膠繩綁在旁邊的椅子上。但是當直純看到房裡其他詭異物體的時候，她不禁瞪大眼睛忘記呼吸。

那是數十尊動作扭曲的人類石像。

直純知道那些都是石化後的真人，而且這數量超乎她想像。從石像的穿著與外表看來這些受害者應該都是大學生，而且男女都有，每尊石像的表情都跟電影裡被石化的人一樣，全部充滿痛苦與恐懼。

剛才帶著兩人來找丁瑋婷的程秀瑄，現在也倒在直純面前。恢復成正常模樣的瑋婷把秀瑄拉起來，把她的捲髮撥到背後並緊緊扯住她的衣領。

「妳要做什麼？」

直純忍著害怕大聲問道，但瑋婷沒有轉頭看她。

「不要看，不然妳可能會崩潰。」

「快點住手啊！那個人會死的！」

「把頭轉過去。」

瑋婷淡淡警告完，視線也回到秀瑄臉上。這時秀瑄也正好醒來，然後跟瑋婷直接對上視線。

在秀瑄還沒反應過來以前，她的雙腳連同鞋子開始染上死亡的灰色，當秀瑄意識到自己的身體變成石頭的同時，她開始像溺水的人那樣拚命掙扎。

「啊啊……啊啊啊……」

秀瑄發出痛苦的呻吟。石化的速度比秀瑄掙脫瑋婷的速度還快，死亡一下子就佈滿了秀瑄全身皮膚，接著讓秀瑄從腳尖到髮絲末端，全部永遠凝結起來。

「不要這樣！」

直純大叫，把手腳綁住的繩子一直掙脫不開，她只能瞪大眼還有不停搖晃。

短短七秒時間，秀瑄就變成另一尊恐怖石像。

「為什麼……要殺了他們？」

「他們罪有應得。」把十幾個同學石化的瑋婷，平靜地說。

「再怎麼樣也不至於要這樣對待這些人啊，這樣太過分了。」

瑋婷發出像在笑直純有多天真的笑聲。

「妳有被全班一起聯合起來欺負過嗎？」瑋婷突然丟出不相干的問題。

「咦？」

「我認識的所有同學，全部集合起來排擠、詛咒我，在我傷心的時候，也只會對我落井下石。那邊那個女生，還背地裡成立一個罵我是婊子的群組。」

瑋婷的手指直直指向另一尊跌坐在地的女孩子石像。

「還有那邊那個女生，以前自稱是我的朋友，可是在那個秘密群組裡面講我壞話講得最多。那邊穿外套的男生，完全不弄清楚事情狀況，就跟著其他人一起在教室裡面酸我是個搶別人男朋友的小三……這些變成石像的人，全部有罪。」

她再掃視那些石條一眼，一臉暢快。

「妳是說這些人聯合起來霸凌妳嗎？」

直純本來以為霸凌只會出現在國、高中，沒想到大學生也會被霸凌。

見到直純驚訝的反應，瑋婷繼續說著她的故事：

「妳不相信嗎？但這是事實。

我本來有一個男朋友，我跟他第一次見面的時候，他就跟我告白，一直交往到幾個月前。然後他移情別戀，開始喜歡上系上的另一個女生。

那個女生以前也對我的前男友有意思，所以他就跟那個女生在一起，然後那個女生要我跟他分手。」

「就因為這樣子，妳就要把他們全部變成石頭嗎？」直純難以置信。

「那個女生不只想辦法說服他跟我分手，而且還跟系上其他要好的朋友散播我的謠言，說我是誘惑別人男朋友的賤人，還腳踏十幾條船，是愛玩男人的爛人……」

瑋婷說到一半就停了下來。

太多讓人傷心的記憶淹沒了自己的理智，她暫時沒辦法說話。

在那之後是瑋婷的男朋友先提分手的。理由就只是簡單的一句「我覺得我們不合」，然後就再也沒有下文。打手機打不通，傳LINE他也只是回「沒」、「嗯」這種不清不楚的話。

瑋婷當然不會接受這種不明不白的分手理由，接下來也一直試著聯絡他。但接下來好幾天前男友就像人間蒸發般，怎麼找都找不到。

等到前男友再次出現的時候，他對著全系發表了自己被瑋婷騷擾的捏造經過。

他把瑋婷傳給自己的LINE訊息加以剪貼，讓事情看起來就好像瑋婷這段時間不停發訊息騷擾自己似的。

但是事實上自己真的什麼都沒做。看到這種東西，她感受到一陣心臟被人一拳重擊般讓人難以呼吸的痛楚。

同時，尤佳薇也利用自己在系上的人脈，更進一步散佈瑋婷妨礙兩人間的感情的謠言。等到瑋婷察覺到的時候，系上大部分的人都已經聽信佳薇的話，把她當成喜歡糾纏不清的女人。

瑋婷當然馬上站出來反擊。但是這時的瑋婷才體會到，這世界上大部分的人都不會去探究事實，而是把自己喜歡或信任的人說的話當成事實。

明明自己沒有做任何違背良心的事，但是同學們只是因為佳薇是自己的朋友，就無條件地認定瑋婷是破壞他人感情的罪魁禍首。

系上的人面對這件事，要不是在背地裡跟著佳薇那夥人汙衊自己，要不就避而不談，誰也不想要跟系上的紅人作對。

瑋婷真的不知道該找誰來訴說自己內心的痛苦。她在其他系沒有認識的朋友，現在的她一個人在外地讀書，當然也沒辦法撲到媽媽懷裡哭訴。雖然可以打電話回家，但瑋婷不想讓家裡的人擔心，這種事家人也沒辦法解決，最後瑋婷還是什麼都沒講。

最讓瑋婷絕望的事情是，自己曾經如此愛過的男朋友，竟然能若無其事地對其他人放謠言陷害自己。

那種痛楚讓瑋婷不想再相信任何人的話，她明白自己被信任多年的愛人背叛了，而且原本以為是朋友的同學，竟然在一夕之間全部變成敵人。

瑋婷會知道那個叫「對抗婊子丁瑋婷聯盟」的群組，也是因為一位始終旁觀的同學傳了截圖給她看才知道的。

第一張截圖裡那句「那個醜女就是死綠茶婊啊XD」，就深深刺痛了瑋婷的心。下面還有許多來自系上同學講的壞話，而且每一句都輕得很輕鬆，就像在笑哪個緋聞藝人那樣輕鬆。

再看幾張截圖，從自己報告的時候哪邊不小心出錯，到自己在教室裡面不小心打了個噴嚏，全部都被拿來當成取笑的題材，然後罵些像「這種事也會搞錯　那個女的是智障是不是！」或「她又在教室散播病毒了」的話。

為什麼自己非得遭受這種折磨不可！

瑋婷的腦袋一片空白，等到自己注意到的時候，她的臉上已經流下許多淚水。

原來自己在系上同學眼中，就只是個爛人嗎？但是為什麼沒有人說過這件事，全部都只是在背後罵自己？

那個專門侮辱自己的群組的出現，讓瑋婷的內心崩潰了。

這不是因為她玻璃心，而是被自己以前信任的同學們在背後這樣對待，根本沒有人承受得住。就算知道主導者就是尤佳薇，瑋婷還是沒辦法接受。

現在的她已經走投無路了。沒有男朋友會安慰自己，也沒有任何同學會聽自己訴苦，更不要說要讓平時就很辛苦的家人知道這種事。

這個世界已經沒有任何自己的容身之處，到處都只有憤怒與悲傷。況且自己只是為了自己的戀情而努力，結果卻是自己落到這種下場。

覺得自己已經來到谷底的瑋婷，在那天晚上要跳河自殺的時候，遇到那個不可思議的魔法商店店員。

她不只救了陷入谷底的自己一命，而且還安慰了自己的心，甚至給了自己反擊的力量。

所以就算自己會化成醜惡的怪物，瑋婷也要向那些人復仇。

「妳的同學……做了那麼過分的事嗎？」

不知道背後還有那麼多醜惡真相的直純，對著瑋婷大聲問。

「就是這麼過分。如果有人聯合起來陷害妳，妳也會這麼做。」瑋婷相當平靜地回答。

「把妳的同學變成石像……那樣只會讓妳自己的處境更糟啊！」

「但是我什麼都不做的話，我接下來的人生才真的都毀了。」

瑋婷姣好的臉蛋因為懊悔變得扭曲。

「我太笨了，就是因為完全不知道要反擊，我才會被那個真正的賤人踩在腳下踐踏，但是我把她變成石頭的時候，我還覺得輕鬆多了！」

「妳說錯了。」

就算現在自己被綁在椅子上，而且對方隨時都能把自己變成石頭，直純還是忍著恐懼否定對方的話。

「妳說的沒錯，人什麼都不做就會完蛋，面對攻擊卻不反抗或行動，接下來就只能後悔，然後事情就會無法挽回——」

直純深呼吸一口氣，整理思緒。

「但妳的想法是對的，不代表妳用什麼樣的手段反擊也都可以被原諒。」

瑋婷不禁瞪向眼前的陌生少女。

「妳覺得自己現在只能用危險的力量封住他們的嘴巴，可是除了這種方法之外，還是有許許多多個更好的方法可以用啊！」

「如果有那條路可以走的話，我就不會變成現在這樣子了。妳這樣什麼都不知道的局外人，還是不要再說了。」

「真的沒有嗎？妳真的喜歡這種傷害他人性命的方法嗎？」

一想到眼前的女性也有可能成為下一個受害人，直純就覺得自己必須提起勇氣說下去。

「我感覺妳不是真的那麼殘忍的人，我從妳的行為就知道了。」

「……」

「如果妳真的是下手毫不留情的人，妳剛才就可以直接把我們變成石頭了，可是妳只是把我們綁架到這裡，不就表示妳不想傷害局外人嗎？」

另外從瑋婷並沒有像對付同學那樣用石頭敲昏自己，而是使用藥物這點也看得出，她對局外人不會下重手。

「是啊。」瑋婷平靜而乾脆地承認：「但我還是要把妳們關到行動結束為止。既然知道的話，那就拜託妳真的不要讓我逼不得已下手。」

「那麼妳復仇完以後要做什麼？」

「這跟妳沒有關係。」

「那麼妳連桌球也不打了嗎？」直純突然說出不相關的話題。

聽到這個問題的瑋婷，藏不住驚訝的反應。

「妳怎麼會知道這件事？」

「我看到妳的房間裡的桌球獎牌。」直純依然直視著瑋婷的眼睛，用完全不怕被石化的誠摯聲音說下去：

「要拿到優勝一定練了很久，妳很喜歡打桌球吧！那樣的話……為了這些人放棄自己喜歡的事物，我覺得太可惜了。」

「這根本不關妳的事——」

瑋婷的身體這時被突然衝過來的映恆重重撞倒，在地上滾了一圈。

本來以為還在昏迷不醒的映恆，其實在剛才直純跟瑋婷對話的時候就已經醒來，並且偷偷地把繩子割斷，等待時機。

「如果讓妳繼續用那間店的商品，妳也只有死路一條，這當然跟我們有關係。」

瑋婷把頭上的髮箍重新戴好，本來冷靜的瞳孔中再次湧現怒火，全身也不停顫抖。

「你要站在那些人那邊嗎？」

「妳跟妳的同學間的私人恩怨我不想管。」映恆用絲毫不在意的表情冷淡地陳述：「更何況，殺了那麼多人的人，不值得同情。」

「等一下，你講得有點過分了啦……」直純阻止。

瑋婷沒有回話，但她已經露出像是要把一切憤怒都發洩到映恆身上般的憤怒表情。

她那一頭秀髮開始發出妖異的紅光，髮絲伸長並重新變成可怕的妖蛇。

妖蛇們襲向映恆，同時映恆也敏捷地繞到石像後面躲避，他的動作雖然比常人還快，但在這種狹窄的空間打架有點不利。

一部分黑蛇像潮水般從地面爬向映恆腳邊，他用力跳起，撞破鐵皮屋的毛玻璃窗滾到外面。

鐵皮屋的所在地在山區樹林之中，藉著傍晚的微光，可以隱約看到鐵皮屋前有一條小路通往外面的柏油道路。

瑋婷也打開門來到外面，變長的黑蛇繼續朝映恆展開攻勢。映恆拾起路邊的生鏽水管，用擊劍技術跟黑蛇對抗。

「不要再打了！」

好不容易掙脫繩子的直純也跑出來，焦急地對著對打的兩人大叫。

現在兩邊都專注地要擊倒對方，根本不可能聽自己講話。

在直純慌亂地抱著頭苦惱的時候，有個念頭閃過她的腦海。

只要拿走她身上讓她變成梅杜莎的商品，這樣就好了啊！剛才她太慌張了，連自己是來幹嘛的都差點忘了。

瑋婷甩動著頭上的蛇繼續攻擊，這些蛇的活動力道大得可以把一個成人舉起來，好幾次差點就把映恆手上的水管打掉。

這時，映恆用空著的另一隻手撿起掉在地上的生鏽園藝剪，準備把來襲的黑蛇全部剪斷。有幾隻蛇的腦袋很倒霉地被園藝剪一分為二，掉在地上變回原本的一撮黑髮。

瑋婷也嚇了一跳，這個弱點連她自己也不知道。確認剪刀有用的映恆，開始用新武器反擊。

這時映恆的頭頂突然傳來物體滾落的聲音。有幾塊張著翅膀的鳥型石塊從樹上掉下來，所幸映恆注意得早，不然他的頭就要被石頭打到腦震盪了。

瑋婷也沒有錯過映恆把注意力轉移到石化的鳥類上的機會，讓黑蛇直接纏住園藝剪的握柄，用力將那把園藝剪搶過來。

映恆的手也緊抓著另一邊的握柄不放，園藝剪在雙方的拉扯之下，開始發出刺耳的磨擦聲。

趁著瑋婷的注意力也放在園藝剪上面的時候，直純用上全身的力量，從瑋婷背後用力一躍。

她的目標是瑋婷頭上戴的髮箍。

要是跳起來的力道不足的話，直純就會掉到蛇堆裡面，所以她決定直接從瑋婷背後撲上去，然後把髮箍扯下來。

「抓到了——」

直純大叫。

她的手停在距離瑋婷的頭頂只有十公分的距離，再也無法往前伸。

直純的右腳踝被黑蛇纏住，接著她跌進蛇堆裡，連手臂也被黑蛇纏得死死的。

瑋婷直接放開差點一分為二的園藝剪，轉而將注意力放到直純身上。

「退後。」

瑋婷的蛇髮將吃力地掙扎的直純整個人舉到半空中，雙眼直視著映恆。

「不然的話，我就把她從斜坡上丟下去。」

映恆停下動作，反應有點動搖。

「我說退後。」

黑蛇勒緊直純的脖子，讓她有些痛苦地呻吟。

如果映恆直接衝上去，或許受點傷就可以把對方壓制住；但現在少了一起對抗魔法商店的同伴的話，接下來的過程就會變得辛苦。

而且映恆的心裡某處，有著不想讓她受傷的念頭。

映恆很不甘願地退後了。

「把她放開。」

瑋婷默默地把直純摔向工寮的鐵皮牆壁。撞上牆壁後，直純趴倒在地上，因為撞擊不停咳嗽。

「就像你的朋友說的，我只想要讓那些人的得到報應而已，我不會對無關的人下手！為什麼一定要阻止我？」瑋婷對著映恆大聲問道。

「用那種可疑的力量來復仇，最後那股力量一定會反噬到妳身上，我見過的人都是這種下場。」

「你亂講……你只是想讓我更不幸而已！」

聽到瑋婷的反駁，映恆發出彷彿在說「又來了」的失望嘆息。

「妳在變成梅杜莎的時候，就已經走在通往不幸的路上了。這種事妳不懂啊！」

「我為什麼會不幸，你也不懂。」

雙方根本無法對話。映恆也沒有這個打算，他決定直接打倒對方，這樣向來比較快。

就在映恆確認直純脫離黑蛇的攻擊範圍，準備衝上去的剎那——

鐵皮工寮的支柱，發出一陣不祥的磨擦聲。

接著支柱斷裂，整座工寮像被風吹倒的紙板屋那樣往直純的方向倒下。

「啊！」

瑋婷自己也沒有料到，這間臨時找來用的工寮竟然會突然倒塌。

事實上這間工寮早已因為風吹雨淋而腐朽，剛才被摔出去的直純那一撞，終於讓工寮再也撐不住並倒下。

「哇啊啊！」倒在牆壁旁邊的直純發出慘叫。

瑋婷馬上伸長蛇髮，試著想把她拉過來。不過映恆的動作更快，他一個箭步馬上衝到直純身旁，然後把她抱住。

工寮倒塌了，兩人被壓在鐵皮下面。

意識到自己可能害那兩個人被壓死的瑋婷，這時不禁開始慌張。

正因為自己被陷害過，她在無意間傷害任何無辜的人產生的罪惡感更重。

「你們有受傷嗎？」

她焦急地大喊，用頭上的黑蛇把瓦礫與鐵皮一一撥開。

讓她意外的是，鐵皮下面的直純毫髮無傷，因為映恆硬是用自己的身體撐住至少有上百公斤重的鐵皮與樑柱，以超人般的表現保護了少女。

如果換成普通人的話，現在老早被壓成人肉醬了。

「我沒事……」

直純也對同伴能做出這麼強大的事情感到訝異，但她沒有忘記要跟對方對話這件事。

「我覺得妳真的不是壞人呢。」

「……」

「剛才我快被壓住的時候，妳也馬上跑過來要把我救出來，我覺得妳其實很善良。」

「所以我說了，我只是想要報復而已……」

瑋婷直視著直純，她的腦海中閃過雨芯曾說過的話。

「如果我什麼都不做……我的人生就會完蛋，被那群爛人玩到完蛋啊！」

直純點點頭，認同她的話。

「沒錯，如果是這種時候的話，妳要做點什麼事來改變它才可以。但是——除了動手傷害這些人之外，還有更多可以嘗試的方法。」

「如果妳說的那些方法有用的話，我根本就不用這麼做！」

「要是這種傷害他人的方法妳都願意試了，那還有什麼方法是不能試的！」

直純提高音量對著瑋婷叫道。即便對方現在是隨時可以把自己變成石頭的梅杜莎，她依然勇敢地說出自己的想法。

在瑋婷錯愕的瞬間，直純快速伸手把瑋婷頭上的髮箍抓下來。剎那間黑蛇全部收縮變回原本的頭髮，瑋婷也從可怕的梅杜莎變回普通女孩。

「成功了！」

直純馬上把髮箍戴到頭上。她漂亮的深茶色長鮑伯頭化作無數的深茶色長蛇，在自己的肩膀上爬行。

「別、別看著我！心裡也絕對不可以想『變成石頭』的念頭！」

她那恐懼的臉龐也開始流下淚水。

「想著『變成石頭』，就會讓對方變成石頭嗎？」

直純趕快把視線移向變暗的天空。

「太危險了，快點把那個髮箍拿掉！」映恆連忙制止。

「所以，你可以相信她真的是個善良的人了嗎？因為剛才我們說話的時候，她也有把我變成石頭的機會，可是她沒有動手，連一次要把我們變成石頭的想法也沒有。」

直純溫和的嗓音裡帶著信任，那份信任讓映恆覺得直純有點美麗，卻又讓他困惑。

「那麼要怎麼把那些人變回來？」直純問。

「我沒試過。」瑋婷依然很害怕地用力搖頭。

「那就等一下試試邊看石像的眼睛邊在心裡想『變回人類』有沒有用吧！」

直純的笑容依然天真。

「以後不要再用這種方式報復那些中傷妳的人了，好嗎？」

失去力量的瑋婷，當然沒有說「不」的權利。

※

「唉……這次也沒有讓我看到有趣的殘殺畫面啊。」

坐在樹上的白雨芯無聊地玩弄著自己的淺藍色頭髮，失望地自言自語。

「要不是那兩個小孩子來搗亂的話，那些人說不定會在變成石像以後被活生生地敲碎的。好無聊、好無聊喔！」

只要給予人類力量，那麼人類最後一定會開始自相殘殺，這就是人類的本性。同樣的戲碼不知道上演了幾百年，而且百看不膩。

這個叫丁瑋婷的女孩也是。雖然她的攻擊性不強，但是在她被逼到極限的時候，那股攻擊性同樣會被喚醒。反正不管是誰被幹掉都無所謂，對雨芯來說只要可以看到充滿樂趣的表演就夠了。

「啊！真討厭，那兩個自不量力的小孩子竟然還真的阻止了失戀的小女孩，難得的表演全毀了！」

雨芯的聲音雖然不甘心，但臉上的微笑倒是看不出對映恆他們的憤怒，反而還比較像看到什麼有趣的小動物。

她從數公尺高的樹上跳下，樹木前方已經有另一個男人等待著。

「我把妳訂的書本送過來了。」

男人的年紀看起來約在三十五歲至四十歲之間，身上穿著一件略顯寬鬆的棕色皮衣外套搭配一件黑色素面襯衫，他用接待客人用的溫和笑容對雨芯報告。

雨芯接下裝著五、六本書籍的箱子，同樣用可愛的笑容回答：「謝謝你！為了送貨特地跑到這種偏僻的樹林裡找我，你的工作態度真是認真呢！」

「這是我的工作，就算妳人在月球上的夢湖，我也會把貨送到妳手上。」

「效率真好！」

雨芯在簽收單上簽下真名，同時把一個透明小盒交給男人。盒裡有六枚金幣，金幣上刻繪著交易契約用魔法陣的圖案。

「購買書籍的錢，我收到了。」

男人把六枚金幣收進口袋，雨芯也愉快地開箱確認每一本書的標題。

「確認所有的書都已經譯成中文，交易完成。下次我有想要的新書的時候再聯絡吧！」

在雨芯抱著裝滿書的紙箱準備轉身離開時，男人向雨芯發問。

「這麼做有什麼意義？」

「咦，你指的是什麼事？」雨芯笑嘻嘻地反問。

「妳訂購的書每一本都要用一枚金幣來購買，但妳卻又用細微的人類貨幣價格再轉賣給其他人類，這樣子的交易完全不划算，為什麼要這麼做？」

雨芯發出「嘿嘿」幾聲笑聲，然後對著男人搖搖食指。

「划不划算這件事，有時不是靈魂、金幣的價值或是利益來計算。有時獲得的快樂，反而還要比利益更重要喲！」

男人面無表情地分析雨芯的話：「妳是指娛樂？」

「對。有時單純地得到快樂，比起獲利還要更重要。讓人類墮落或是受到折磨，或者讓人類把其他人類逼上絕境，做出連我都想像不到的可笑舉動，人類的愚昧舉動背後隱藏著無限的樂趣！人類的無力感、人類的喜怒哀樂、人類被逼到極限時的反撲、人類為了自己的欲望踐踏他人的模樣，這些都充滿值得觀賞的樂趣！」

「妳還是跟以前一樣，喜歡把人類當成取悅自己的道具。」

聽到男人的這句感想，雨芯還是很愉快。

「直接把人類的靈魂囚禁起來太無趣了，不如讓他們自由自在地大鬧更有意思！」

「還可以接受的理由。反正我也無意干涉客人如何使用這些書。」

「下次有更有趣的書進貨的時候，我會再來訂購的！」

送完貨的男人已經消失在樹林之中。雨芯抱著那些書，同樣帶著微笑靜靜離開現場。

這次失敗的話，那就再找下一個客人吧。

反正世界上有那麼多人類，這個不行就再找下一個就好。

※

那些被梅杜莎髮箍的力量變成石像的人，最後都順利變回來了。

只是在工寮倒塌的時候，因為一部分的石像被鋼樑壓住而有些損傷的關係，那些從石像變回來的大學生身上也多出許多像被刀子直接割掉肉一般的傷口，在變回人類的當下，發出痛苦不堪的慘叫。

校園裡的尤佳薇也被直純變回原樣。當她變回來的時候，也因為從恐懼之中解放出來的關係，當場大哭起來。

從石像變回來的那些同學們大概是害怕又再次被變成石頭，在那之後沒有人敢繼續在那個秘密群組裡面說瑋婷的壞話，也沒有人敢再傳奇怪的謠言。

但是受到霸凌後的內心創傷並沒有那麼容易癒合，直純陪著瑋婷一個多星期之後，她的心情才逐漸平復。

直純把梅杜莎變身髮箍收起來。得到變成梅杜莎的力量後，自己在未來絕對也能成為戰力。

「我以後說不定就不用靠你掩護了，嘿嘿。」

直純坐在運動公園的溜滑梯上，用充滿成就感的聲音說。

「那太危險了，不要隨便亂用。」映恆擔心直純使用髮箍會遇到危險，嚴肅地警告。

「不會啦，我才不會隨便拿來做危險的事呢！」

直純把映恆的話誤解成叫她不要拿來惡作劇，於是笑著要他放心。

「這次成功了，下次一定會更順利！」

「我不是那個意思……算了，以後我繼續掩護妳也沒關係，但那個人賣的東西還是少用比較好。」

「好啦……我知道啦。」直純把髮箍收進書包，順口問：「那你可以告訴我，關於你身上的『變化液』的更多資訊嗎？」

「更多資訊？」映恆記得自己把所有事情都告訴直純了：「我知道的都說過了。」

「有一件重要的事你還沒說過。」

直純用認真的聲音確認：「為什麼你的體內會有變化液呢？是誰注射的嗎？」

映恆聽到這個問題，嘴角有些不情願地垂了下來。

這段過去他幾乎沒有跟任何人說過，他也不想主動告訴任何人。

但要解釋這件事的話，映恆還是得要把這段故事說出來才行。

「我還沒準備好要講這件事。」

「是很複雜的事嗎？」直純用擔憂的眼神看著映恆。

「不算複雜……只是會讓我想起不愉快的回憶。」

映恆用有點苦澀的嗓音答完，接著開始在腦中思考該如何說下去。

「我其實不是自願要使用那個人賣的變化液的。」

「咦，什麼意思？」直純眨眨眼睛，一頭霧水。

「一開始使用變化液的人，其實是我的媽媽。」

「伯母嗎？」

「變化液這種東西，就是一種注射到體內以後，可以讓使用者的身體產生某種想要的變化的藥劑。不管是可以變得強壯或者反應速度變快，甚至是讓身上的某種病痊癒或是瞬間整形變成別的樣子，都可以辦得到。」

「好像很方便，可是既然是那間店的商品，那會有風險吧。」

「對。」映恆停下來，深呼吸一口氣整理思緒，然後說出難解的話。

「她使用這種東西的原因……是為了我。」

「為了你？」

「她因為身體因素的關係，其實本來不適合生育，當初如果硬要把我生下來的話，有可能會危及生命。

所以她就去了那間該死的店。我聽說在那之前她就常常拜訪那裡，在那邊購物也不只一次。最後她為了解決自己的身體問題，最後買下的東西就是這個變化液。」

映恆抓著自己的手臂，感受自己手臂之中的血液流動。

坐在溜滑梯上的直純，從映恆的眼神中感受到悲傷的氣息。

「我出生之後，媽媽的身體狀況就每況愈下。一開始還能跟人對話，可是到後面嚴重的時候，甚至連說話的力氣都沒有。最後……我五歲的時候，還是走了。」

兩人之間安靜了一陣子。

為了打破沉重的氣氛，直純連忙問另一個問題。

「你怎麼知道這些事的？」

「關於我媽去過那間店的事，是聽我的舅舅說的；剩下的部分是我自己慢慢調查，後來才知道的事實。」

「抱歉……」

直純沒有料想到，他在這麼小的時候就經歷了這麼悲慘的事。

映恆搖搖頭，表示他不介意。

「我的體內有變化液，應該是我出生前從我媽身上流到我的體內的關係，所以我現在才能感應商品的位置還有抵抗其他商品的力量。」

直純眼睛突然睜大。

「怎麼了嗎？」

「嗯。你的身體上的力量變強，還有感應商店客人的位置的力量，都是你自己要求的嗎？」

「體力比別人還強這件事，好像是我小時候就一直是這樣。商品的力量對我沒用這點是自然發現的。」

「所以你沒有自己許願想變成什麼樣子嗎？」

「沒有。」

直純閉著眼睛，整理自己的思緒。

「明明沒有要求，你的身上卻有這種力量，太奇怪了。」

「什麼？」

「如果每一種賣出的商品，它們的效力都對你沒用的話，那就不是剛好可以抵擋某一種商品……我猜會不會是每一種商品之間，本來就無法產生影響呢？」

「這個我沒想過耶。」

映恆是真的沒想過這種問題。這段時間他想的事情，就只有如何找到魔法商店而已。

「因為變化液已經變成你的身體的一部分，所以就有點像是……你的身上自然形成抵禦魔法的抵抗力的那種概念。所以任何商品的力量都對你沒用，你跟丁瑋婷對上視線，也不會變成石頭。」

「有可能……但是這還是要試驗過才知道。」

平時看起來不怎麼在笑的映恆，這時因為找到新的線索，露出淡淡的微笑。

「謝謝妳告訴我這個。」

「不會啦，是我要謝謝你剛才救我。」

直純鼓起勇氣，用有點顫抖的手握住映恆的雙手。

映恆被這個動作嚇到了，差點把手縮回去。

「怎麼說呢……」直純吞了口口水，反應猶豫：

「我之前都不知道，你以前有那種遭遇，要是你覺得傷心難過的時候，我可以聽你訴苦一下也沒關係……要說很久其實也ＯＫ的！」

畢竟他在工寮倒塌的時候救了自己，自己如果對映恆不聞不問的話，好像也有點過分。

聽完這句話的映恆，依然用有些訝異的眼神看著直純。在他的訝異之中，還摻了點感動。

這段日子映恆把所有的空閒時間都用在調查魔法商店上，幾乎沒有跟同學玩樂，當然也不會有女孩子在自己難過的時候對自己講這種話。

所以他的內心很開心。他本來就覺得直純很可愛，現在這句話更讓他感到溫暖。

「還好嗎？我說了什麼奇怪的話嗎？」

「沒事。謝謝妳……跟我說這些話。」

他也反過來緊握直純的雙手。

「上次說的狗狗咖啡廳……我後來想了一下，休息時間去一次也沒關係啦。」

第三章　死因解答之書（三十分鐘版）

「對不起　我真的累了　真的撐不下去了」

放在病床床頭櫃上的紙上的第一行這麼寫著。

不行，這樣寫就好像只是在發洩負能量。杜宗達生氣地把那張紙揉成一團用力扔進垃圾桶，病床上插著呼吸器的老人依然沒有任何反應，就像破爛的人偶那樣。

他剛才寫的東西不是信，是遺書。在這種悲慘又完全看不到希望的日子，腦中很容易出現這種負面的想法。

宗達待在病房裡照顧全身癱瘓的爸爸的日子，每天都像一個月那麼漫長。

他每天都覺得疲累，這種心理上的疲倦，不管一天睡幾小時都無法消除。自己的人生真的什麼能做的事都不剩，像學校那邊只能休學，不然就沒有人照顧爸爸；交往幾年的女朋友也分手了，畢竟沒有女生會想跟一個整天都要照顧病人的男生在一起；像同齡同學那樣到處玩或唱卡拉OK對宗達來說根本是奢侈的夢想，他敢這麼做的話，晚上負責照顧爸爸的弟弟絕對把宗達譙到死。

現在在安養機構裡面照顧爸爸的，就只有宗達與弟弟兩人。

媽媽如今為了籌措照顧植物人爸爸的醫藥費，不分日夜拚命地工作賺錢。宗達實在不好意思叫她一起來照顧爸爸，這份重擔只好讓兄弟兩人接下。

但是龐大的醫藥費再加上一家四口的生活費，只靠一個人的薪水絕對不夠，所以宗達有空時，自己也在外面打工賺錢。

但是這才是地獄的開始。

宗達跟弟弟每天輪流照顧爸爸十二小時，現在每天的生活除了睡覺就是工作，還有到安養機構的病房裡照顧爸爸，幾乎沒有時間做自己想做的事。

照顧病人沒有所謂的排休與週休二日，每天都要在這條永遠看不到盡頭的路上努力下去。沒有人會對自己說謝謝，也沒有人會幫自己加油，心理壓力更是他人無法想像地沉重。

宗達感覺自己好像海綿，每天身上的力氣都被擠得一點都不剩。

「哥，你休息吧。」

病房門口傳來弟弟的聲音。宗達連忙把另一張寫了幾個字的紙塞進口袋，應道：

「你今天這麼早就來了喔。」

「我不累，今天你早點休息吧。」

沒想到弟弟難得要讓自己休息一小時。

「真的嗎？別勉強……」

「你不是還要去送Food Bear嗎，我幫你撐一小時，你去睡一下啦。」

「謝謝。」宗達感謝地點頭，抓起背包低頭走出病房。

要是再籌不到更多錢的話，別說治療，就連住院費都有問題。

宗達想要錢。他真的無時無刻都需要更多的錢解決眼前的難關。

在意外之前，宗達有穩定的學業與生活，雖然收入不能說很優渥，但他的生活至少是正常的。

但父親發生意外後，一切都扭曲了。

父親平時的興趣是騎重機，家裡放著一部他花大錢買來的哈雷機車，他常常騎著它四處兜風。雖然重機給宗達一種很難駕馭的印象，不過父親不但騎得很好，而且他很注意安全，平時從來沒有出過任何意外，就連一點擦傷也沒有。

在十個月前的某個星期六下午，他在一座工地外面被一輛不明原因暴衝出來的工程車撞上，雖然沒死，但結果是脊椎受損造成頭部以下癱瘓，直到現在還在住院治療。

當天工地內部的工人都否認自己動過那輛車，但車子撞人是事實，為了打贏官司而準備聘請律師費用更加重一家的負擔。雖然現在宗達跟他的弟弟輪流照顧爸爸，但這種生活帶來的壓力早已讓他難以承受。

為了籌錢，目前父親最喜歡的那輛哈雷已經賣掉，賣掉的錢目前讓一家人暫時不用擔心會餓死。

但最大的問題不是有沒有吃飽，而是看不到盡頭的心理壓力。

車禍以後，他要煩惱請領意外險理賠問題、車禍的精神撫慰金計算方法還有一堆自己想都沒想過的法律問題。在照顧爸爸的時候還要整天思考這些完全不懂的問題，他的內心只有疲累能形容。

自己總有一天說不定真的會崩潰去死吧。

回到家換上Food Bear的制服，宗達把耳機接上手機，播放自己喜歡的樂團歌曲。只有在聽音樂的時候，他才能暫時忘掉現實生活的一切。

音樂就像是他的人生的麻醉劑，他只能靠著音樂忘卻一切悲傷，然後沉溺在歌曲帶來的快樂之中。

如果聽一遍還無法讓自己忘掉當天發生比狗屎還爛的事時，那就再聽第二遍。自己的人生比沼澤的泥巴還要爛，除了酒與音樂，沒有別的東西可以讓自己忘懷。

宗達邊騎車邊滑著手機確認客戶的地址，然後打了個大大的哈欠。

他連續好幾天睡不好，休息時間又要跑Food Bear的外送工作，真的累得要命，可是不工作又不行。

幹外送這一行，如果想賺多一點錢就是要多搶一些單，接單越多賺的錢才會越多，這是連小孩用加法算都知道的事實。

「喂，您好……您叫的魷魚羹已經到了，我現在到樓下了，麻煩您下來拿一下，謝謝……」

宗達就連打手機聯絡客人的聲音都有點倦意。有的時候要是遇到那種態度很差還是像8＋9的奧客，講一講一個不小心火氣就會上來，畢竟人疲倦的時候是易怒的。

但這種時候又不能跟對方生氣，要是對方投訴自己服務態度不好的話就糟了。現在只要隨便講一句話還是因為趕時間把餐點交給樓下警衛室，都會惹怒客人然後莫名其妙被客訴說服務態度不佳，要是被投訴太多次，這份工作就不用幹，接下來的治療費就沒下落了。

為什麼這個社會不懂將心比心的人這麼多啊？宗達邊揉著眼睛邊看手機時，心想。

上個月宗達就因為送給客人的薯條裡面忘記放蕃茄醬，被投訴自己偷吃他們的蕃茄醬。這什麼爛理由，誰會專門偷蕃茄醬來吃啊？

所以宗達才喜歡聽搖滾樂。在搖滾樂的世界裡，他才能像英雄一樣在空中翱翔，沒有照顧病人的辛勞，也沒有為了雞毛蒜皮小事就要投訴的奧客，一切都那麼美好。

聽著聽著，宗達不禁覺得自己體內湧現了前進的動力。

距離下一個客人的送達時間只剩下六分鐘左右，不過他想要往前衝，然後趕快把這些工作全部完成……

這時，宗達的左側突然受到一陣強大衝擊。他整個人失去平衡倒在地上，箱子裡的食物也都在裡面灑翻了。

「哇啊啊！」

宗達慘叫，衝擊帶來的痛覺讓他整個人清醒過來。過了快十秒後，他才意識到自己剛才被車撞了。

「我操！」

留著絡腮鬍的車主跑下車來，第一句不是關心自己的傷勢，而是先大聲飆罵。

「我的車門都被你刮壞了！」

宗達忍著痛從地上站起來，往對方的車子望去，他的心臟都嚇到快停了。

那不是普通的車，宗達一眼就看得出來那是保時捷的跑車，橘色的車門上刮出四、五條傷痕。

「對不起！」宗達忍著膝蓋疼痛，彎腰向男性車主道歉：

「我剛才趕著要送餐，所以……」

「你趕著要送餐，所以就可以撞我的車嗎？」盛怒的男性車主繼續吼：

「我要你要負擔我全部的車門修理費！」

「你的車看起來好像很貴……」

「當然貴啊！這個車門的修理費，大概要八十萬跑不掉啦！」

「八、八十萬！」

宗達嚇到叫出聲來。這個數目太大了，自己不知道靠著送餐要送多少年才湊得出來，而且現在家裡的開銷已經非常重，還要賠償這個跑車車主八十多萬的話，那根本就完蛋了！

「對不起、能不能請你原諒我？我家裡有變成植物人，躺在床上的爸爸，而且還在住院治療，這個錢現在真的湊不出來……」

「你騙誰啊！每個人撞車之後都說自己家裡的爺爺奶奶植物人還癌症末期，那大家不就都不用賠償了！」車主完全聽不進去，大聲反嗆。

「是真的！不信的話，我身上還有我爸最近的診斷書……」宗達的腰彎到可以看到車主的黑皮鞋鞋頭沾著泥巴。

「是真的又怎樣，很屌嗎？」

車主一把扯住鞠躬道歉的宗道衣領，用沒有半點慈悲的聲音講下去：

「該賠的就是要賠，我可憐你的話，誰來可憐我車子無緣無故被撞？」

不知道是不是車主注意到一旁圍觀的人越來越多，他把宗達放開。

「好，你說你爸住院，那我就給你一些緩衝的時間，這筆錢我不急著要。不過我會請律師來討論賠償的事，你最好拿出誠意來解決！」

之後警察也到現場，確認雙方的責任。從其他人的行車記錄器影像來看，這場意外真的是自己撞到其他人造成的，所以宗達真的無話可說。

接下來宗達就要賠償對方八十多萬元的修車費，真是屋漏偏逢連夜雨。

那天接下來的工作就這樣不了了之。

宗達傍晚回到家，真的不知道要怎麼跟家人開口說這件事。今天賺的錢不只不夠付住院費，而且還莫名其妙揹上一筆八十多萬元的債務。那些跑車根本就是在路上亂跑的麻煩製造者，誰不小心碰到誰就倒霉！

他拿著手機，螢幕上顯示著老媽的號碼。老媽現在還在超市裡面工作，要是她聽到今天的意外，她絕對會氣到把自己打個半死。

好累，世上的一切都好煩。

想自我了結的念頭再度佔滿自己的腦袋。要是自己死了的話，家裡應該就會得到一筆保險金，那樣的話就可以讓家裡有錢付那筆付車費還有老爸的住院費。罪魁禍首自己解決這件事也是理所當然的。

宗達沒力氣思考這個念頭荒不荒謬，他只想睡覺，不然就是吃多一點安眠藥，永遠休息。

——不行，你在想什麼傻事！宗達在心裡斥責自己。自己的人生怎麼會淪落到這種地步？

總之先去買晚餐吧。

宗達為了轉換心情，故意來到離家比較遠的街道，看看有沒有沒吃過的店。

機車摔爛了，所以他像沒力氣的喪屍般一路走了快半小時到這條街上。

有什麼好吃的？不，現在都沒錢了只能吃稀飯配鹽，自己現在根本沒資格在這種地方浪費時間，乾脆跳進水溝裡面看看能不能撿到零錢還債啦！

現在不管想到什麼，腦海馬上就被負面念頭淹沒，宗達覺得自己根本無法正常思考，不管想什麼都只會想到死亡與毀滅。

如果可以的話，他真想搭時光機回到下午，然後把那個自以為是什麼萬能騎士的自己扁一頓。

在宗達的視線在每間餐廳的價目表數字間遊移時，他注意到一間奇怪的店。

店外面掛著一塊紫底白字的招牌，上面用優雅的字體寫著「德吉洛魔法商店」七個字。

商店的木門前兩側擺放著許多裝在竹籃裡面的特價商品，像是沐浴乳、零食、泡麵等等，那些泡麵一包只要十塊錢，趁現在多買幾包就可以撐個好幾天，畢竟接下來自己可沒有奢侈的權利。

宗達抱著所有特價泡麵來到櫃檯。那裡有一個可愛得讓宗達一時間忘掉自己身上多了一筆債的女孩子在那邊。

「您好，這邊為您結帳！」

女孩店員臉上的笑容充滿魅力，讓宗達忘記答話。她有一頭飄逸而光亮的淺藍色長髮，臉蛋在高中生之中也絕對是超可愛的極品，她的可愛模樣光是看一眼，就讓宗達覺得她應該去當時尚模特兒，而不是在這種小商店裡面當店員。

「二十三包特價泡麵，總共是兩百三十元！這些都是您一個人要吃的嗎？」

「啊、對。」

跟這麼可愛的店員講話，讓宗達超緊張。她的瞳孔還是漂亮的墨綠色，這麼特別的眼睛讓宗達覺得更加著迷。

「嗯嗯！」店員點頭，心裡像是已經理解宗達這麼做的意義：「我這麼說可能有點多管閒事，可是只吃泡麵的話不太健康喔。」

「哈哈……」被這麼可愛的女生這麼說，宗達反而還覺得有點開心：

「最近沒辦法自由地用錢，所以只能這樣子了。」

「因為車禍的關係嗎？」

店員突然一語道中自己節約的目的，讓宗達不禁瞠目結舌。

「你的手臂跟袖子都有擦傷與流血的痕跡，所以我才這麼猜想。」店員見到宗達的反應，補充一句。

他低頭一看，自己還真的忘記把身上的衣服清理乾淨，真是丟臉啊！

「妳好厲害啊……連這種事都會注意到。」

「稍微觀察一下就正好猜到了，哈哈哈。」店員爽朗地笑了幾聲，換了個話題：

「只吃泡麵的休養生活，很辛苦呢。您接下來打算每天都吃我們家的泡麵嗎？」

「如果錢不夠用的話，那也沒辦法……」

大概是難得遇到可以訴苦的對象，宗達不知不覺地對著眼前陌生的店員說出自己的經歷：

「我真的是全世界最衰的人。爸爸變成植物人，現在還在住院，結果我出門工作還撞到超貴的跑車，現在身上只有一堆債務，工作大概也做不下去了……現在只能吃泡麵省錢，人生就是這樣啊，什麼衰事都聚集到我身上。」

「真的是很讓人同情的遭遇呢。」店員幫他把泡麵裝進塑膠袋時，語帶同情地回答：「這個世界上不管發生多麼不公平的事都不奇怪，越是像你這麼努力的人，就遇到越多討厭的苦難，簡直就像神的惡作劇那樣。」

「我可能真的要去廟裡拜一下了。」宗達嘆氣。

「不過正因為世界上發生什麼事都不奇怪，所以就算你的人生從這個時候將開始走上坡，也不是什麼稀奇的事喔。」

看到女孩店員這句有點不可思議的話，宗達愣了一下。

「什麼？」

「您進來的時候有看到我們家的招牌吧？我們家是魔法商店，同樣也有各種可以應對各種難關的商品！」

這話有點可疑，讓宗達下意識覺得這是什麼詐騙。

「我明白這種事讓人難以置信，所以直接表演一次比較快。您的手臂可以過來一下嗎？」

她用細嫩的手掌輕輕撫著宗達手臂上的擦傷。讓年紀相仿的可愛女孩碰觸自己，宗達也不禁暫時忘掉債務的事，內心全被興奮的念頭塞滿。她的名牌寫著「白雨芯」，好可愛的名字。

因為興奮的關係，手臂上的疼痛感覺也漸漸消失，他覺得現在可以遇到這麼正的女生，自己沒救的人生也算是出現一點救贖了。

「好了，治療完畢。這次是魔法的免費體驗，不收任何費用！」

宗達低頭看傷口，他不禁瞪大眼睛。

剛才還沒擦藥或清理的傷口，現在就像被水洗掉的顏料那樣消失無蹤，痛覺是真的完全消失了，就像受傷從來沒發生似的。

看到宗達無言又驚訝的樣子，店員發出讓人憐愛的笑聲：「你的傷真的復原了，這樣子是不是就能接受魔法的存在呢？」

「妳好厲害……」

「要販賣有魔法的商品，這點程度的魔法只是小菜一碟。」店員的語氣相當自豪：「要真正解決您的問題，就要靠長年以來跟客人的應對與判斷力才行。如果您不介意的話，要不要多說些剛才的事情的細節？」

雖然有點恐怖，但宗達已經無力思考，他只想找個對象傾訴這些爛到爆的事，發洩積壓已久的怨氣。

宗達一口氣講了快十五分鐘後才停下來。店員也很有耐心地聽他全部說完。

「您的經歷真的是我遇到的客人之中最辛苦的一個呢。」

「這真的有辦法解決嗎？」宗達有點疲倦地問。就算不行也沒關係，至少他今天找到對象吐苦水了。

「當然有，因為我們是可以對應各種需求的魔法商店啊！」

雨芯動作輕快地走向店面最後方的房間。過了兩分鐘，她抱著一本全黑的書本回來。

「這本書是《死因解答之書》。」

那是一本像圖書館裡的英文辭典那樣用黑色皮革裝訂的書籍，頁數大約有兩百多頁，封面上也用漂亮的燙金字寫著中文書名《死因解答之書》。

雨芯流暢地解釋下去：「這本書裡面記載了至少兩百種以上的死因。只要讀者隨機翻到其中的任何一頁，那個讀者就會因為那一頁記載的死因而過世，一切都是憑運氣的商品。」

「……」

看到宗達沒有回應，雨芯連忙補充：「不過我會事前進行處理，讓買下這本書的您不管怎麼翻都不會被這本書影響，還請您放心！」

「不是這個問題，為什麼要給我這種這麼可怕的東西？再說它要怎麼解決我的問題？」

「如果真的有必要的時候，請用這本書執行安樂死。」

雨芯隨手一翻，把寫著「安樂死」三個字的那一頁展示給宗達看，同時用一張紅色索引便利貼貼在上面。

「怎麼可能！」

不確定魔法是不是真的存在的宗達，只能吐出這個問題：「我只要一用就會死人，這樣子的話我不就變成殺人犯了？」

「但是日常生活中，這種只要用得不好就會死人的東西，其實到處都是啊！」

雨芯從一旁的貨架上拿起一罐浴廁清潔劑，繼續說自己的想法：「這瓶清潔劑跟漂白水混在一起用的話，就會產生致命的毒氣；用來防止病蟲害的農藥，如果直接喝下去的話也會死人；新年放的鞭炮裡的火藥，要是處理不慎也會傷到人，可是這些東西都沒有因為能殺人而禁止在市面流通呀！」

「什麼意思？」宗達沒什麼力氣可以思考這些話。

「雖然這本書擁有可以殺人的力量，但是只要你使用的方法適當，那就不會造成太大的問題。」

「我怎麼可能幹掉我爸！妳可以治好我的傷口，那怎麼沒有治好植物人的商品？」

「有，但是就像普通的醫療需要花費大量金錢，要完全治好植物人會耗費極大的魔力，這樣子的商品也絕對不便宜。」

「……」

「況且如果這是能夠透過治療解決的問題，我想您也不會這麼痛苦了。」

雨芯的嗓音依然平靜：「成為植物人並躺在床上這麼久，您和您的家人都備受折磨，這樣子拖下去的話只會讓您完蛋。我認為，這一步路也是遲早都要面臨的。」

「不可能……妳又沒有根據……」

「是的，我沒有根據，這只是我個人的預測。」雨芯並未否定：「但是為了最壞的狀況，您還是預先做好準備不是比較好嗎？」

「這……」

「我當然不會鼓勵您拿著它去做什麼奇怪的事。但是您的狀態已經瀕臨極限，面對這麼極端的問題，最後當然只能用極端一點的手段來解決啊。」

「我不知道……再說它很貴吧，我現在身上沒有那麼多錢能買別的東西。」

「不會不會，一本只要兩百元而已！」

雨芯用帶著誘惑的聲音說道：「不過目前就只有這麼一本，接下來也不確定何時會進貨，如果錯失這次解決問題的機會，未來說不定再也不會有了喲！」

本來宗達腦中就已經很亂了，一聽到雨芯的話，他的判斷力再被削掉一半。

「我自己翻的話真的不會死嗎？」

「本店以客人的安全為第一優先，請放一百個心！另外要是今天購買的話，還可以免費獲得三顆一組治療簡易疾病的藥丸喔！」

雖然宗達內心有些抗拒，但他真的想不到別的解決辦法了。

他身心俱疲，這或許真的是他最後的唯一選擇。

※

自從石化事件過去一個月以後，直純與映恆兩人也陸陸續續找到兩、三個魔法商店的客人，然後從他們的手中回收能利用的商品。

交涉的過程中當然會發生不順利的事。如果對方很明顯無法溝通的話，映恆告訴直純到時直接把客人手中的商品毀掉。

「我們現在手上能用的東西有哪些？」

在搭著公車前往醫院的路上，映恆對著身邊的直純問道。

「除了髮箍……還有那盞會吸靈魂的燈、賭博會贏的撲克牌還有奇怪的向日葵。」

在梅杜莎事件以後，這段時間兩人回收的商品總共有三件。

第一件是可以把生物的靈魂裝在裡面的提燈。提燈的頂端有一根尖刺，用那根尖刺戳對方一下後，對方的靈魂就會被提燈吸進去，接著化成擁有對方模樣的藍色火焰；如果要變回去的話，只要用頂端的刺再刺一下身體就可以。

第二件是可以在任何種類的賭博贏得百分之百勝利的撲克牌一副，背面的圖案是有如魔法陣的花紋。因為它只有在賭博的時候能發揮效果，對映恆來說根本就是派不上用場的玩具。

第三件是會自動尋找敵人的向日葵。雖然它的外觀看起來跟種在盆栽裡的普通向日葵一樣，但它特別的地方在於它不會面向太陽，而是會面向擁有者的敵人。

不過這株向日葵對「敵人」的定義似乎很曖昧。從意見跟自己相左的人物、單純地討厭自己的人物到真的用行動陷害自己的人全部都算在內，實際使用的時候，就只會看到向日葵不停轉來轉去的樣子，如果要確切鎖定目標的話，就只能在使用前告訴向日葵敵人的詳細定義。

「要找人的話，可以用的就只有向日葵而已，可是我今天沒有帶出來。」

「我在醫院附近晃一下就可以感覺得到，東西帶太多反而會引人注目。」

「有道理……」一直純傻笑吐吐舌頭。

這次發生詭異事件的舞台，正是位在市中心附近的帕特森聯合醫院。

從一個星期前開始，醫院的加護病房裡面陸陸續續有重症病患突然無預警猝逝的事件發生。

所有突然過世的病患之間罹患的疾病都不同，從癌症末期、失智、腦中風等疾病的患者都有。

但據說他們全部都像睡著一般，臉上沒有看到任何痛苦地離開人世。

雖然醫院裡有人驟逝不是什麼新鮮事，但是每天都固定會有至少五、六個人在三小時內因為同樣的死因過世，誰都會覺得毛骨悚然。

要不是直純自己看到有人把這件事拿到BBT上問卦，她絕對永遠不知道有這種事。

「另外，這次找到那個客人的話，我自己跟對方談就夠了。」

「咦，為什麼？」

「如果那個人說的是真的，就表示對方買的商品可以讓人不知不覺地死掉，這樣子危險的客人，還是讓我來處理吧。」

「現在的我也有對抗其他人的商品的力量了，沒關係的！」

直純把紅色髮箍戴上，眼神充滿自信。

事實上在得到髮箍以後，兩人進行過幾次兩種商品的力量是否會相互抵觸的實驗。因為映恆身上的商品無效化能力，似乎跟體內的變化液有所關聯，直純推測這是兩種商品間無法相互干涉的關係。

譬如說，戴上髮箍得到梅杜莎能力的直純，就算瞪著映恆一小時也沒辦法讓他變成石頭；反過來說，那盞吸魂燈雖然能把狗狗的靈魂吸進去再放出來，但不管用它戳戴著髮箍的直純多少下，直純的靈魂都始終沒有被吸進去。

直純的假設得到證明，因此接下來找商店的客人時，她都會帶著這只髮箍。

「就算這樣，我想這次不要讓對方知道我們有兩個人比較保險。」

「也對。」

想得深入一點，如果許多病人突然驟逝這件事真的也是商店客人所為，那麼他下手的動機就更可怕了。

殺人的動機不外乎是出自於怨恨、偏見還是某種利益關係，更嚴重點的也有可能是有病的隨機殺人。就算自己現在能抵禦對方的魔法，對方拿刀攻擊自己也不無可能。

直純再次感受到自己想得太淺了。

到了帕特森聯合醫院，戴著口罩的兩人隨即開始朝著病房的方向前進。

「等一下要是遇到疑似帶著能殺人的商品的客人，就聽我的話先躲起來。」

「然後你要怎麼做，直接搶走他的商品嗎？」

畢竟對方用超自然力量殺人，這次沒有什麼好商量的餘地。

「沒錯。不管對方做了什麼，我還是覺得直接拿走那些東西是最好的。只是有一件事我一直想不通。」

「什麼事？」

「妳會注意到這件事，是看到有人在討論區上問卦。可是有這麼多病人在短時間內過世，照理說應該早就鬧上新聞，不可能等到妳上討論區才知道這件事。」

「好像是這樣……」直純恍然大悟地輕輕點頭：「新聞好像真的都沒看到類似的報導！」

「有人在醫院內過世不是什麼奇怪的事，但是這麼多病人因為不尋常的死因過世，但卻連一個指控醫院有醫療疏失的家屬都沒有出現，我在想……」

這時走廊上有名神色匆匆的中年婦女走過。映恆警戒地看了一眼，繼續說下去：

「我在想，會不會是那個客人用某種方式，威脅過世病患的家屬不准說出去。」

「咦？真的是這樣的話很過分耶！」

從剛才踏進醫院開始，門口或大廳也沒有見到抗議的家屬或是記者一類的人物，一切景象都相當平常，實在看不出異樣。

犯人不只讓病人死亡，而且還要脅家屬不准說出去，這種犯罪怎麼想都很怪異。

「可是……這樣好像也很奇怪。」

直純說出剛才閃過自己內心的疑惑：

「如果不想讓人知道的話，那他只要選在家屬不在的時候下手就好，為什麼還要特別跑去威脅家屬？這麼做感覺有點多此一舉。而且過世病人之間也不認識，隨機殺人可能性很大，只要挑那種沒人照顧的病人就好啦。」

如果是隨機下手，那確實只要趁沒人的時間再動手就好，也沒有威脅家屬的必要。

「真的很奇怪。」

映恆一邊聚精會神感應四周的氣息，一邊想著直純說的話：「我一下子也想不懂，但一定有什麼內幕。」

兩人在普通病房的樓層繞了一圈，沒有任何發現。他們的下一站是加護病房。

直純已經有十年以上沒有來到大醫院的病房。上次來到大醫院，是探望因為心血管疾病而住院的爺爺。

那個時候的爺爺躺在病床上相當痛苦，還是小女孩的直純完全不知道該怎麼辦，只能聽大人說些像是要不要放棄急救，治療費誰來出之類聽不懂的話題。

她只知道爺爺生病很難過，希望醫生叔叔可以趕快把爺爺治好，這樣子爺爺就能繼續陪自己一起到公園打羽毛球了。

但直純的願望沒有實現。爸爸告訴她，爺爺到天堂跟朋友打羽毛球了。

加護病房裡面都是插管與昏迷不醒的病患。看到這些景象還有聞到許久沒聞的藥水味，就讓直純想起以前的往事。

不知道那個犯人有沒有想過那些家屬的心情？

這時，映恆突然停下腳步朝四周張望。

「怎麼了嗎？」

「感覺對方好像正在靠近。快躲起來。」

走廊轉角傳來腳步聲。直純戴起髮箍躲進樓梯間，映恆握緊拳頭，嚴陣以待。

出現在轉角的是一個外表介於高中生與大學生之間的青年。他的背上揹著背包，裡面裝的東西似乎不多。

他身上穿著一件黑色連帽外套，臉上戴著口罩，像是不願讓人看到他的臉似地拼命壓低帽簷，快速通過走廊。

映恆用幾乎沒發出聲音的動作悄悄跟到他的身後，接著伸手搭住他的肩膀。

「等一下……」

映恆出聲叫住他，對方卻一聽到聲音馬上著急地想要逃跑。

明白對方心裡有鬼的映恆，隨即扯住對方的手臂，同時用力把他的身體摔到地面上。

「不要跑！」

映恆扭住背部向上倒地的神秘男的手臂，讓他痛得叫出聲。

「最近醫院裡發生的奇怪事件，都是你做的嗎？」

一聽到這句話，對方的掙扎反應馬上變得更大。知道對方聽得懂自己在說什麼的映恆扭得更用力，讓他痛到動不了。

「我有話要問你，不准做任何可疑的動作！」

「等一下、不要這麼兇啦！這樣會引人注意啦！」

趁著護士還是其他家屬注意到自己以前，兩人把這名青年拉到樓梯間裡面。

連帽外套青年揉著自己的手臂，表情顯然因為無故遇到這種事而感到不快。

「你們有什麼事？」

他低著頭坐在堆滿灰塵的角落，用沒精神的聲音問道。

「最近這間醫院裡面有許多病人突然過世，這是你做的對不對？」

青年沒回答。

「你用了魔法商店賣給你的商品嗎？」

聽到關鍵字，青年不禁抬頭訝異地看映恆的眼睛。

「我們一直在找曾經光顧過那間魔法商店的人。」直純解釋：「不管是什麼樣的人，還是做了什麼事，我們都會來阻止。」

「阻止？」青年總算回話了：「事情不是你們想的那樣，聽我解釋！」

「在解釋前，先把殺人的道具交出來。」

映恆用不容辯駁的態度，強硬地伸出手。畢竟誰也不知道對方會不會偷襲自己。

「我還要湊錢，所以不行。」

「湊錢？」

眼看映恆好像又要發火了，直純連忙把他擋下來，接著問：「你說湊錢，意思是說你做這些事都會拿到酬勞嗎？」

他默默點頭。

「誰叫你這麼做的？」直純著急地問。

「也就是說你收別人的錢，然後去殺人？」映恆用偵訊警官般的口氣反問。

「不是殺人……而且那樣對照顧那個人的親人來說，是一種解脫。要不要到有座位的地方再慢慢講？」

一直站在樓梯間裡面的確也不太好講話，兩人也同意他的話。

青年被映恆抓著手，一起來到醫院附近的露天休息區座位上。

「把話說清楚，這到底是怎麼回事？」

直純觀察著眼前的青年，他看起來沒有要逃跑或拒絕回答問題的意思。

「我做的事情，就是幫助那些已經救不起來的病人安樂死，然後跟家屬收錢。」

「咦，安樂死？」聽到這個詞的直純，不禁感到疑惑。

「就是安寧病房裡面，那些已經癌症末期還是救不回來的病人。我直接跟那些家屬商量，要是有人覺得直接替家人安樂死ＯＫ的話，就請他們付我七萬塊，然後我直接動手。」

他的語氣聽起來有點顫抖，感覺得出來他自己也對自己做的事隱約感到害怕。

「我確認過，他們的病都已經沒辦法治好，而且他們的家人也已經決定放棄治療了。跟他們討論過，我確定他們的家人都同意這件事才這麼做。」

「就算真的是這樣子，你也沒資格這麼做。」映恆嚴厲地指責他的行為。

「嗯……自己替人安樂死也不是合法的行為，我也覺得這是犯罪。」直純考慮著遣詞用字，說道。

安樂死始終都是充滿爭議的一件事，世界上合法允許進行安樂死的國家，也只有荷蘭、比利時、瑞士、加拿大這幾個而已。

沒有跟醫生討論就私自動手，毫無疑問是犯法的。

但比起安樂死正不正確這件事，目前還有另一個問題。

「要賺錢的話，明明還有很多種辦法，為什麼要做這種幫人安樂死的事呢？」

直純認真地詢問對方。

青年抿著嘴脣，想著要不要回答這個問題。

「難道說，那個人只賣了能殺人的商品給你嗎？」映恆猜測。

青年因為映恆的直覺太過準確，不禁驚訝萬分。

他從背包裡面拿出一本黑色皮革裝訂的書本。在書本的旁邊還夾了一張大大的紅色索引便利貼。

「這本書是會殺人的書……只要翻到貼了便利貼的那一頁，任何人都會在半小時內沒有痛苦地死掉。等一下、不可以碰！」

映恆完全不在乎地拿起那本書，翻開貼了便利貼的那一頁。上面只寫著「安樂死」三個字。

「只要翻開書的人就會死嗎？難怪能這麼輕鬆在醫院裡下手，也難怪可以靠這種骯髒勾當這麼輕鬆地收錢了。」

「我是為了湊醫藥費才這麼做的！」

青年激動地反駁。

「你們有照顧住院快一年的家人的經驗嗎？住院這麼長的時間，就需要一大筆錢，要不是這種爛事的話，誰會做這種事啊！」

「你被騙了。」

映恆把那本書放回桌上，嘆了一口氣。

「那個惡魔擺明就沒有意思要幫你的忙，只是想要讓你殺人罷了。如果她要幫你的話，她早就拿出可以治好你的家人的商品，而不是塞這種除了殺人什麼都做不到的商品給你啊。」

「她說有……只是很貴我買不起。總之要是我不這麼做的話，我就沒錢付我爸的醫藥費，還有撞到跑車的賠償費了！」

青年雖然繼續辯解，但他的動作完全藏不住內心的動搖，聲音也變得顫抖。

直純這時換了個話題：「你的爸爸生了重病嗎？」

「是出車禍變成植物人。」他答道：「所以才要趕快湊錢，不然不只他沒辦法住院，就連我們全家人的生活費都會有問題！」

「那你覺得為了你的家人，犧牲別人的家人就可以嗎？」映恆再次嚴厲地問。

「就算不行，我現在為了湊錢也只能這樣做，沒時間了。」

青年伸手要把那本殺人書籍拿走，那本書卻被映恆一把搶過去。

「不管有什麼苦衷，沒經過醫院的同意就直接把人安樂死這種事，絕對不行！」

「等我湊到錢就不會再這麼做了！再說我都有跟家屬討論過，還有用魔法幫人安樂死又不在法律管轄範圍裡面！」

「可是你說的家屬，是那個病人的所有孩子跟親人嗎？還是說只是在病床邊負責照顧的那幾個人而已？」直純馬上反問。

「這個……」

「要是那個病人的家屬不是因為累了，是因為想要拿他死後的保險金的話，你有沒有想過自己可能就變成幫兇的問題？」

要是有這麼輕鬆殺人又不會留下證據的方法，那最後一定會被人拿來濫用。現在殺害至親詐領保險金的事情還是時有所聞，這種結果動腦想想就想得到了。

但一心只想著要湊錢的青年沒有心力想這麼多。對他來說，他只是賺錢同時讓飽受疾病折磨的人得到解脫罷了。

「那剛才我也問過你們，有照顧過躺在病床上的家人照顧超過一年以上嗎？你知道有人因為要照顧重病的家人，結果人生直接跌落谷底嗎？還有你們知道他們看到家人安樂死的時候，臉上露出多輕鬆的表情嗎？」

宗達用連珠砲的速度不停反問。

他的瞳孔裡面，還包含著見到地獄後的無可奈何，以及對現實的憤怒。

那些人就跟自己一樣，整天忙著照顧家人而身心憔粹、生不如死；本來最親愛的家人對現在的他們來說，只是把他們拖進地獄的累贅。

這些事直純沒有經歷過，當然沒辦法回答；但映恆倒是毫不畏懼地回應。

「當然有。就連我的家人嚥下最後一口氣以前，我都一直陪在她身邊。但就算再怎麼痛苦、憤怒，我也不會因為這樣就傷害無辜的人。」

「那不叫傷害，現實中只有這個方法可以幫他們！」

「那樣的話你就不要跟他們收錢，乾脆轉行當推動安樂死法案的志工好了。少拿幫助他人這件事當擋箭牌！」映恆犀利地回駁，讓宗達啞口無言。

「反正那是我的東西，還我！」

宗達用疲累的聲音講完，伸長手臂要把書拿回去，映恆這時早已起身，把書塞進自己的袋子裡。

「要是我把書還你的話，我就跟對醫院裡的那些人見死不救沒兩樣了。」

平時總是反對映恆動手搶商品的直純，這次同樣點頭贊成。

「那你現在就是對我見死不救啊！我現在機車因為車禍被撞壞，連外送工作都不能做了，我都賺不到錢了你還搶走我現在謀生的工具，你就是要把我逼上死路啊！不要自以為是正義使者好不好！」

聽到青年提高音量罵自己，映恆也毫不畏懼地用旁人聽不到的音量回應：

「就像你說的，我不是正義使者。我只想阻止那個惡魔利用人類製造災難而已。再說要是你殺人都敢了，那還有什麼工作是你做不來的？」

青年語塞。

映恆頭也不回地轉身離開，直純雖然因為同情想說什麼，最後還是沉默地離開現場。

「我覺得那個人有點可憐。」

回去等公車的路上，直純忍不住對映恆說出心聲。

「家人變成植物人，而且還出了車禍，那個人看起來好像已經很累了。」

「這個我們又幫不了他。只要使用那些商品的人，最後非死即傷，我們只能讓他遠離災難然後活下來，這是我們能幫的最大的忙。」

還只是高中生的兩人，當然拿不出錢來幫他。

就算直純可憐他，她也沒辦法把自己的所有財產都送給那個人。這點不用映恆說直純也很清楚。

「那本書要怎麼辦？」

「燒掉。要是亂丟害誰翻到的話，那會很難弄。」

因為只要看到書裡面的文字就會出事，直純壓緊頭上的髮箍，不敢大意。

書本封面上完全沒有寫任何標題，哪個倒霉鬼好奇翻開它的話就只能永別了，直純覺得這種引誘手段，根本是這本書的作者的惡意。

映恆走進附近沒人的廢墟大樓。他隨手撿了一只沒有蓋子的鐵桶，然後把殺人書籍丟進去。

他拿出十元打火機，再次確認四周沒有其他人在場，以免對方接近發生危險。

封面開始燃起火焰，書本開始燃燒。

燃燒書本的鐵桶，突然發出巨響。

兩人下意識退後好幾步，這時大樓之中吹起一陣詭異的強風，鐵桶被直接吹倒，裡面的書頁像雪花般在空中飛舞。

「怎麼了……！」直純抱著頭大叫。

在空中飛舞的書頁，被怪風吹出窗外，然後朝著大街小巷的每個角落飛去。

「書裡面的紙全飛走了……」

映恆也張大嘴巴，完全無法相信眼前發生的事。

「那些內頁要是被人撿到的話……該不會也會死人？」

鐵桶裡面除了燒焦的皮革封面以外，內頁一張也不剩。

「可惡……這是陷阱。」映恆低著頭，看起來懊悔不已。

「這本書裡面一定設計了被火燒就會四處飛散的機關，這才是真正可怕的地方！」

「怎麼會……這太爛了啦！」

現在兩人毀掉那本書不成，還要面對更大的問題。

那就是要怎麼把那些散播到各種角落的殺人內頁收集回來。

「……我們走。」

明白自己中計的映恆，忍著怒火緊握拳頭。

「在有人真的碰到那些內頁以前，把它們找回來。」

「要是用燒的它就會分散的話，那要怎麼毀掉它啊？」

直純自語著，正要跟著映恆一起跑出大樓的時候，她的鞋子踩到一張剛才從鐵桶裡飛出來的紙。

那是一份像四摺傳單的紙張。因為不像書頁，直純便將它攤開。

上面印著完全看見過的異國文字。不可思議的是，這些文字在直純看到它們的瞬間，全部變換成印刷清晰的中文字。

上面寫著「康特拉迪羅書店」。

※

午後的天空中好像有什麼東西飛過，但路上的行人大都沒有多加注意。

剛面試完的二十四歲青年林仁豪，提著公事包垂頭喪氣地走在路上。

這個星期他面試了五家公司，但是每一家不是說等待結果出來，就是直接地表明自己不適用。

待業到了三個月的時間，就會開始忍不住懷疑自己的存在價值。這到底是這個時代的景氣太差，還是自己的能力不足呢？他的腦中沒有答案。

要是再找不到工作的話要怎麼辦啊，唉，好想死⋯⋯

仁豪腦中不禁又冒出奇怪的負面念頭。他當然不會真的跑去自殘，但現在自己真的不知道還能做什麼。

一陣強風吹來，把一張紙吹到仁豪臉上。

以為那是哪來的傳單的仁豪把紙抓下來，但手上的白紙上，只簡單地寫了三個字。

「觸電死」

還真是不吉利的東西。仁豪把那張紙揉成一團丟進路邊垃圾桶，準備要回家去。

這時，他的公事包底部突然裂開，裝在裡面的履歷表等東西散落一地，寶特瓶甚至還滾到更遠的地方。

「今天怎麼這麼倒霉啊。」

仁豪邊嘆氣邊把掉出來的東西全撿回去。當他彎腰要把地上的寶特瓶撿起來的時候，他身旁電線桿上的電線，突然斷掉了。

鬆脫的電線就這麼不巧地，不偏不倚地貼到他的脖子後方。

「你很煩耶，不要過來啦……」

「你白痴喔！」

路上有一群年約十歲的國小小孩，在過馬路的時候還不知危險一直打鬧。就算路邊的機車騎士對著他們生氣地大吼，他們好像也充耳不聞。

「你剛才幹嘛推我啦！」

一個把水壺掛在脖子上的小男孩，對著一個把書包提在手上亂甩的同學大吼道。

「我哪有推你，是你自己不小心撞過來的！」

「那現在你也不小心撞到我！」

其他朋友看著兩人繼續推來推去，哈哈大笑。這時一陣風吹來，把一張紙吹到那個帶著水壺的小男孩腳邊。

「你看，這上面寫著『淹死』，你好衰喔！」甩書包的男孩看著同學撿起來的紙上寫的字，大聲笑他。

「是你帶衰才會害我撿到這種東西！」抓著紙張的男孩怒嗆回去。

「我剛才又沒有叫你撿這個，是你自己撿的！」

「不要什麼都說是我啦！」

「你很吵耶！」

甩書包的男孩生氣了，然後又用力撞了一下抓著紙的男孩。

但他萬萬沒想到，路邊這時有一輛急駛而來的汽車靠近。水壺男孩重重被那輛汽車撞飛，煞車不及的汽車也撞上路邊的護欄，車頭全毀。

遭到撞擊的男孩在空中飛了幾公尺才落地。但很不巧地，他降落的地點正好在進行下水道施工工程，他的身體像是計算好位置一般，精準地飛進打開蓋子的下水道口。

以倒立狀態掉進下水道裡的男孩，腦袋直接浸到下水道深不見底的污水裡面。

就算男孩不停掙扎，他現在的狀況也很難自行脫困。在不停掙扎幾分鐘後，他的動作停止了。

剛才推了他一把的男孩嚇得跪在地上，放聲大哭。其他同伴們也嚇得說不出話，除了哭還有逃跑以外，什麼都做不到。

距離死因解答書的內頁散落到城裡面才一小時，但路上已經出現好幾起離奇詭異的死亡事件。

幸好映恆能夠感應得出那些內頁的所在位置，再加上利用那株可以找到敵人的向日葵，因此找這些內頁這件事不算什麼困難的大問題。

另外，幸好現在大部分人都是除了手機螢幕什麼都不關心的低頭族，就算在路上見到這些內頁也只是當作丟在路上的傳單，大家連看都不會想看一眼。

「幸好這些內頁掉在路上也不顯眼……」

直純戴上髮箍，把找到的內頁全部塞進塑膠袋。雖然成為商品使用者後能避免死亡的風險，但謹慎起見，她還是用變成蛇的頭髮咬起內頁再塞進袋子。

雖然被人看到的時候會嚇到不少人，但直純還是對著每個嚇到的路人用心虛的笑容解釋這只是化妝舞會用的髮飾。

「不用跟那些人解釋這麼多。反正他們自己就會在心裡把那些頭髮當成會動的裝飾，過幾天就忘掉了。」

映恆說完，他馬上用矯健的身手爬上電線桿，把一張卡在變電箱隙縫間的內頁抽出來。

「可是不解釋感覺好像怪怪的……」

「妳故意解釋才會反而讓人注意到妳呢。」

雖然直純還是不太懂他的意思，但還是聽他的話閉上嘴。

兩人馬不停蹄地在內頁散落的各種地方奔走。內頁彷彿會自己尋找能躲藏的空間似的，有十幾張都在奇怪的地方找到。像路邊交通號誌控制箱的隙縫裡、路邊機車的置物架上、便利商店外的座位椅子上，或是黏在大樓頂樓的水塔蓋子上。

這些內頁就像擁有自我意識，會自動飛進各種一般紙屑根本不會跑進去的隙縫裡。

短短一小時，直純已經跑得上氣不接下氣。

因為不知道什麼人在什麼時候碰到那些內頁會不明不白地死掉，兩人真的沒辦法休息。

「好累……」直純讓頭上的蛇捲起裝水的寶特瓶，然後扭開瓶蓋同時把瓶口塞進嘴裡。

蛇髮可以代替手抓任何東西，這種能力真的很好用。

「如果不能燒的話，等一下這些紙要怎麼處理？」

「放進碎紙機裡面粉碎掉，然後再把紙屑倒進密閉的焚化爐裡。只要讓紙上的字無法閱讀，那個惡魔也沒輒吧。」

既然是書，那麼讓讀者死亡的條件就很有可能是要看過書上的文字，這個推測或許是對的。

「可是那本書看起來有好幾百頁，在我們收集這些內頁的時候，說不定已經有人撿到內頁然後死了。」

要是直純現在拿起手機搜尋的話，就可以看到三、四起離奇的死亡意外，但她沒有勇氣去確認。

「我們兩個人的速度也是有極限的。」

映恆從電線桿上跳下來，他跑了那麼久，竟然一點也不喘。

「就算叫一般人來幫忙，他們碰到那些紙的時候就會死，那樣更危險。」

「要是你沒把它燒掉就好了。」直純嘟嘴抱怨。

映恆這時靜靜看著直純。直純本來還以為他生氣了，正想說「開玩笑的，抱歉啦」的時候，映恆又忽然開口。

「是啊，這真的是我的錯。」

「不用在意、不用在意！又沒有人知道裡面的紙會飛到外面去……」

「要是我沒有中計的話，現在就不用讓妳跟著我一起跑來跑去了。」

他的聲音聽起來充滿歉疚，同時也對著直純低頭道歉：

「對不起。事情結束後再讓我請妳吃頓飯補償，好嗎？」

直純輕鬆地笑了幾聲。

「真的要說的話也不是你的錯，是製造那本殺人書的罪魁禍首不好！所以不用請我吃飯沒關係啦，這些事情等現在的事解決以後再說！」

「嗯……謝謝妳。」

映恆盯著直純的臉，他覺得直純真的是個很溫柔的人。

事態會變得這麼嚴重，明明自己也有責任，可是她卻沒有半點責備的意思，如果是家裡的親戚的話，自己老早就被嚴厲地痛罵一頓。

「妳就連變成梅杜莎的樣子也很漂亮呢。」

「不要突然講這種話啦，那……我們繼續找吧。」直純用頭上的蛇搔搔額頭，不好意思地說道。

「我還撐得下去，再休息下去的話就來不及了。」

照目前收集到的紙張數量來看，大概還有九十張左右的內頁要收集才行。

※

宗達覺得自己現在快要發瘋。

他手邊目前唯一可以用來賺錢的工具也沒了，身邊還有一堆只是想到就讓人疲累的事情，他真的快崩潰了。

之前賺到的幾萬元雖然可以解決掉一些問題，但對自己的生活來說也只是杯水車薪。要是不在短時間內再湊到更多錢的話，接下來一定又會再次陷入財務危機。

那兩個人其實沒有錯，宗達也知道自己做的事不是什麼正經勾當，可是唯一的希望就這樣被奪走還是讓他非常不高興。

接下來要怎麼辦才好？他沒有半點頭緒。回去那間魔法商店，拜託那個可愛的店員看看？現在自己只能想到這個辦法。

當他回到自家公寓附近，準備先休息一下的時候，新的問題這時又出現在他眼前。

「我們等你好久了！」

有個留著絡腮鬍的男人對著自己喊道。仔細一看，那是上次求償八十多萬的跑車車主。他的身後還跟著六、七個穿著白襯衫的男子，一下子就把宗達包圍起來。

「我已經給你差不多快一星期的時間去準備錢了，我還以為你要落跑啦！」

「等一下……我身上有錢，我沒有要落跑……」

宗達連忙拿出先前賺的差不多一萬元的鈔票，絡腮鬍男則不客氣地一把搶過去。

「才這一點喔？你是不是忘了我的車要修好需要八十多萬？」

「這真的不是短時間內湊得到的數目啊！」

宗達本來以為這些人要圍毆自己，不過車主跟同夥沒有動粗，只是用讓人恐懼的視線瞪著自己。

「算了，今天你給我錢，我就當作你還是有誠意解決這件事！」車主拍拍宗達的臉頰，再用充滿恐嚇意味的語調說道：「不過要是逃跑還是動什麼手腳，我就會採取進一步的法律行動，不要給我亂來！」

說完，這群人揚長而去。

宗達一個人倒坐在原地，他搞不懂這些災難為什麼會接二連三地出現在自己身邊。

「去你的……」

宗達對著空氣低聲咒罵。

「我做錯了什麼、我爸做錯了什麼、我們家做錯了什麼？為什麼世界上每個人都要來搞我們，為什麼一定要把我逼瘋不可！一定要把我逼上死路才行嗎……嗚嗚嗚……嗚嗚啊啊啊……」

罵著罵著，宗達也不在意被路人看到，直接崩潰痛哭。他忍不下去了，每天的生活都只有疲累與憤怒，這種生活他受夠了，鬼才過得下去！

要是當時老爸沒有騎著車經過那個可恨的工地的話，現在的一切就不會發生了。

人生就像一片玻璃，只要玻璃上有一個地方破了一個小洞，小洞周圍就會蔓延出無數的裂痕，到最後整片玻璃都會因為這些裂痕而整面破碎，永遠無法復原。

這個時候，要是自己不做點什麼反抗的話，自己就只會走上滅亡之路。

雖然宗達真的很不想為了這種事弄髒自己的手，但要是解答書還在自己手邊的話，就可以讓那個車主翻一頁然後送他上西天了。

覺得腦中一片混亂的宗達決定還是先回家休息。

路上一陣風吹來，把一張紙吹到他的腳邊。

他拾起那張紙。紙上用特殊的字體寫著「安樂死」兩個字，宗達一眼就認出來是從那本死因解答書裡面拿出來的內頁，就連店長用來標示這一頁用的便利貼都還在。

雖然那個可愛的店長說過自己不會被這本書的魔法幹掉，所以不用擔心下一秒會死於非命，但為什麼解答書的內頁會掉在外面？

「是那兩個人亂撕我的書嗎？」

宗達本來想要生氣，但想到自己做的也不是什麼好事，他的怒火馬上就消了。

自己最常用的那一頁竟然會飛回自己身邊，這簡直是命運的安排。

況且看到撕爛的書頁，宗達想到另一個更好的辦法。

只要把這張紙交給那個害自己揹上大筆債務的車主的話，自己不就不用再煩惱那麼多了嗎？

他現在別無選擇。要是經濟狀況再惡化下去，下一個病倒的就是媽媽或是自己。再說自己只是把一張紙交給對方而已，實際上自己又沒做什麼傷害對方的行動，這種事根本不會留下證據。對，就這麼做，這樣子自己就可以休息了，他已經很疲累了，他只希望這些鳥事趕快落幕。

想到這，他決定跟上去找剛離開的車主，然後把這張紙交給他。

那群人還沒走遠，宗達跟上去一看，發現他們竟然準備坐上另一輛相當高級的休旅車離開現場。

——這個人明明就有錢買另一輛車，根本沒必要這麼執拗地逼自己賠償啊！

想到這邊，宗達不禁憤怒地握拳。對方只是對自己落井下石，世上竟然有這種冷血的人！

「對方根本不是人類，只是冷血動物，所以就算他死了也是罪有應得，沒什麼好罪惡的。對方是禽獸，禽獸就是該死……」

宗達喃喃自語，說服自己的行為是正當的。

「等一下！」

他對著那個車主大叫。

「放下那張紙！」

宗達的耳邊傳來女孩子的大喊聲，一顆高速扔來的石頭把宗達手上的那張紙擊落在地。丟石頭的是剛才來找自己的那個女孩子，她的手上還抱著一盆朝向自己的向日葵，身上也沾上不少污痕。

但現在她的頭髮竟然變成無數爬來爬去的蛇，而且仔細看還有幾隻蛇正吐著舌頭。

車主沒有聽到宗達叫喊的聲音，一行人上了車離開現場，他不知道自己剛才逃過一劫。

「你為什麼要把那張內頁給那個人？」

直純雖然很普通地發問，但她現在像蛇髮女妖的模樣，讓她看起來像是包覆著一層透明的殺氣。

「是妳……？」宗達慌張地退後一步：「妳問這個要做什麼？還有妳又來幹嘛？」

「本來只是要找散落到外面的內頁而已，只是沒想到你也撿到內頁了。這麼說的話，你自己摸了內頁也不會有事對不對？」

「嗯……」宗達記得雨芯說過，身為書本主人的自己就算看了這本書也不會有事。

「可是那個人做了什麼？」直純的聲音還是不解：「他做了什麼壞事嗎？」

「這又不關妳的事……還有，你們把那本書怎麼了？」

直純頭上的其中一條深茶色長蛇把掉在地上的內頁咬起，塞進她手邊的袋子。

「我們本來要把書燒掉，可是結果不小心讓內頁飛散出去。那麼，換你告訴我為什麼要對那個人下手？」

宗達總覺得跟眼前的女孩對上視線很可怕，於是低著頭。

「因為那個人就是我剛才說的跑車車主。而且他都不給我寬限的時間……我不這麼做的話，我們家就完了！」

「那麼你應該跟對方溝通，而不是用這種方法啊！」

「講了有用的話，我搞得這麼煩幹嘛？現在我身上的生活壓力有多大，妳根本就不懂！不懂的話就不要一直管別人的閒事好不好！」

直純頷首，她努力思考該怎麼傳達自己的想法。

「對，我可能真的沒有辦法完全懂你的痛苦。我也沒有揹過這種重擔，可能也沒有資格講這些。但是我的朋友是那間魔法商店的受害者，我不能看著你用那種魔法害人，卻見死不救。」

「那個爛人就算死了也死有餘辜，我又沒有用來欺負好人！」

「就算他真的罪大惡極，你也還是不能傷害那個人啊！」

「如果我不反擊的話，他就會一直騷擾我，我很累了好不好！」

宗達的聲音已經接近哭叫。

直純能清楚地感受到，他的身上只有無能為力的疲累感還有絕望。

宗達的瞳孔裡已經失去年輕人該有的精力，只剩下對世界的厭惡還有無奈。

「我現在想要休息也不行，每天都有又煩又累的事，我只想趕快讓一切結束……妳根本不知道別人的辛苦，不要一直來打擾別人的生活！」

「可是你只聽一、兩個家屬的請求，就擅自讓一個病患安樂死，這樣也是在打擾他的家人的生活！那些人真的自願想死嗎？為了你自己可以更好過，卻讓其他人陷入不幸，你不會覺得良心不安嗎？你這麼做等於是讓他們面臨失去家人的痛苦啊！」

「……」

他無法回答，啞口無言。

雖然自己的爸爸還沒死，但是這也跟失去親人相當接近，宗達當然明白那種內心的痛楚。

但是沒辦法，他又沒有其他可以解決困境的能力。

「那我要怎麼辦才行啊……」

宗達直接跪倒在地上，放聲大哭。

「我累了，乾脆現在讓我死掉吧！反正世界上也沒希望了……夠了……嗚嗚……」

直純用同情的目光看著像個嬰孩崩潰地哭泣著的宗達。

「你真的覺得沒有希望了嗎？」

「沒辦法賺錢，還要一直照顧變成植物人的爸爸，哪邊有希望……」

「我知道了。」

直純思考了一會。

她拉住宗達的肩膀，眼睛直視著他的雙眼。

「那我現在就讓你死吧。」

宗達還沒聽懂這句話的涵意，他的雙腳就先感受到異狀。

他的腳被一層灰色物質覆蓋，同時小腿以下全部像壞死一般失去一切觸覺，而且他感受到自己的肌肉變得無比僵硬。

「啊啊……！」

死亡的灰色繼續向上蔓延，不一會宗達的腰部以下全部變成灰色的石頭。

「妳做什麼、快停下來！」

腰部、腹部、胸膛……宗達的上半身也全部石化，變成冰冷沒有溫度的石頭。

他從來沒有這麼害怕過，甚至因為恐懼而快要吐出來。但現在就算想要移動身體，他的四肢也完全動不了。

「快住手、不要——」

他大喊，但是他的頭也在幾秒內變成石頭，他的視線陷入絕望的黑暗。

宗達沒想到，死亡竟然這麼快就降臨到自己身上。
然後他因為腦袋也變成石頭，連思考這件事都做不到了。

不知道過了多久，宗達眼前再次出現亮光，他的觸覺也慢慢恢復正常。
他眨眨眼，發現自己倒在一張長椅上。直純就坐在旁邊看著他。
宗達嚇得坐起來，深怕眼前的短髮女孩再對自己做什麼可怕的事。
「死掉的感覺很可怕對不對？」
直純溫和地問道。
他回想起剛才那種冰冷、黑暗而無助的感覺，光是想到那段經歷就讓自己呼吸困難，全身就像浸入麻醉藥般，什麼都感覺不到。
「人如果真的死掉的話，那就什麼都沒有、什麼也沒辦法挽回了。雖然你現在真的很痛苦，但是只有去死這個選項是絕對不可以選的……」
雖然對被生活折磨得生不如死的宗達來說，這是一句幹話，但這句話從讓自己實際體驗接近死亡的感覺的人口中說出，真的有強大的說服力。
「我該怎麼辦……？」
重新復活，體會到活著的喜悅的宗達，坐在長椅上喃喃自語。
「你如果都能向引誘你的惡魔求救的話，那就向更多不同的人說出你的煩惱吧。」

直純溫和地說道。

「這個世界上一定不會只有你一個人這麼不幸。活下去，然後去找到可以解決這個問題的人吧。還有……我想到應該可以幫上你的忙的方法了。」

「嗯……」

宗達低著頭哭了一會，然後擦擦眼淚。

「妳回來找我說這個？」

「啊、差點忘了……可以請你幫我一個忙嗎？」

※

市區內不可思議的死亡事件已經增加到十幾件，從原本談笑風生的老爺爺突然把手邊的清潔劑喝下肚的中毒死亡事件，到剛吃完晚飯的工人突然急速瘦了四十公斤然後餓死的事件都有。

但是映恆還是馬不停蹄地在各種地方東奔西走。

他收集回來的內頁已經有九十多張。跟直純分頭尋找果然比較有效率，剛才她用LINE傳來「找到139張」的訊息，看來很快就要結束了。

會這麼有效率不是沒有原因的。因為現在幫忙直純尋找內頁的幫手多了一個人。

「這邊找到一張。」

宗達在垃圾桶裡翻了一會，然後找出混在垃圾裡的內頁。解答書丟進火裡燒的話就會自動散落各地這種事，他也不知道。

「這附近的應該沒了。」

直純的蛇髮把她找到的那張塞進袋子。因為宗達是這本書的主人，就算他直接去摸內頁並閱讀了上面的文字也不會出事，知道這點的直純便順便拜託他幫忙。

「下一張在那個方向……我們快走吧。」

宗達點頭。他雖然會替委託人安樂死，但他根本不想害無辜民眾喪命。

「妳說那本書丟到火裡面，它就會自己散開來？」

「嗯。如果你用完那本書想要燒掉它的話，最後也會變成這樣。」

宗達也想過錢賺夠之後，為了不要讓任何人不小心碰到它喪命把它燒掉的想法，這個真的是卑鄙到爆的陷阱。

「下一張內頁應該就在這附近……」

兩人來到靠近商業區的馬路邊。雖然不知道內頁塞在水溝隙縫還是行道樹的樹梢間，但現場沒有看到屍體，所以應該沒事。

當宗達準備要檢查附近的垃圾桶時，他注意到有個熟面孔出現在人行道上。

那個人竟然是剛剛才來找自己的車主。

正當宗達慌張地以為他又要來找自己麻煩的時候，他發現那個車主的樣子看起來有點怪怪的。

他剛才罵人的時候看起來還滿有精神的，但現在走起路來搖搖晃晃，就像是嚴重酒醉那樣。

「那個人是？」

直純也注意到那名男子的怪異反應。他低著頭行走，像是在尋找什麼東西。

他忽然停下腳步，他的目光停留在正好在重新油漆的圍牆邊，放在地上工程用具中的一把油漆刮刀。

然後他拿起那把刮刀，用像是要捅殺父仇人般的氣勢，朝著自己的脖子捅下去。

「哇啊！」

宗達大叫，這時那名車主已經倒下，大量的血從傷口噴出，把人行道的地磚染紅。

「這個人撿到內頁了。」

直純臉上不禁露出懊悔的表情，抽走握在他手上的內頁。那上面寫著「刺死」兩個字。

「我叫救護車！」

宗達馬上打了電話，然後看著這名脖子上插著刮刀的車主，像被解剖的青蛙那樣躺在地上抽搐著。

他本來想要自己動手的，誰也沒想到這個人竟然會自己撿到內頁然後變成這副模樣，這讓宗達看得心情複雜。

比起害怕，他內心深處反而覺得開心與興奮。

因為讓自己陷入苦難的人現在消失了。近八十萬元的債務，現在都解除了。

宗達不用再繼續為了找打工增加收入而煩惱，也不用擔心會再遇到威脅，現在沒有比這個更值得慶祝的事了。

「哈哈哈……」

宗達不禁發出低沉而冷淡，連自己都不禁覺得有點瘋狂的笑聲。

「活該。這是你自己罪有應得，現世報出現了。」

他完全不為這個人的死難過，現在覺得輕鬆都來不及了，更何況自己跟這個車主非親非故，沒有難過的必要。

他覺得神清氣爽，接下來繼續幫忙找那些內頁的時候，甚至覺得自己更有動力了。當救護車把那名車主載往醫院，兩人繼續找其他內頁的時候，宗達的動作顯然比剛才輕快多了，一下子就把這附近十張左右的內頁都收集完畢。

當兩人差不多找了兩小時，天色也已經全黑的時候，內頁終於收集完畢。分頭尋找的映恆與直純等人，在一座立體停車場附近的木長椅上確認內容。

「那本書總共有兩百六十頁，然後這個袋子裡有一百五十五張。」

宗達特別告訴正在計算張數的映恆這件事。

「總共是兩百五十六張紙。扣掉那些被人撿到的內頁，看來差不多了。」

映恆把所有紙張用繩子綑了十幾圈後塞進袋子裡，等一下準備用碎紙機全部絞碎。

「那就這樣，我走了。」

宗達簡單地告別，轉身要離開。

「等一下……你要用這個嗎？」

直純叫住他，然後把一副裝在精美盒子裡的撲克牌拿給他看。

「這是魔法商店賣的絕對可以贏任何賭博的撲克牌，如果用這個的話，就可以不用殺人又能賺錢了。」

映恆聽到直純這句話，不禁睜大眼。

聽完直純說明的宗達搖搖頭。

「不用了……我身邊沒有跟我賭錢的人，要是去外面賭的話，被人抓到出老千的話就更慘了。」

「可是你接下來要怎麼辦？」

「反正那個勒索我的車主死了，我已經輕鬆許多。」宗達如釋重負地呼了口氣：「我從剛才就想了很多……我覺得夠了，這樣子就夠了。以後的事我自己看著辦，再見。」

宗達轉身走遠，再也沒有回應直純的任何喊叫。

等到他走遠後，映恆用有點難以置信的眼神望著直純。

「妳把其他商品交給他，這樣只是替他帶來其他危險而已。」

直純猶豫了快二十秒後，才用細小的聲音回答。

「可是要幫他的話，現在就只有這個方法最快……」

「我們跟那個人是完全不認識的陌生人，妳也沒有一定要幫他的義務。」映恆冷冷地否定。

「可是……我不想見死不救啊！」直純繼續解釋：「而且這個方法也比犧牲誰的性命好多了。」

「可是世界上就有成千上萬個像他這麼悲慘的人。如果妳遇到一個就想救一個的話，就算妳有一百件商品也不夠用。」

映恆加重語氣告誡道。

「我們阻止他們繼續使用那些商品，就是在救他們。只要阻止他們就好，剩下的都只是在多管閒事。」

「……對不起。」被指責的直純，有點不甘願地道歉。

察覺自己好像有點兇的映恆連忙搖頭：「那個、我不是在怪妳。」

「我知道……可是，我覺得很無力。」

「我們本來就沒辦法拯救世界上的每個人。諾貝爾和平獎得主也做不到。

我們只要把那個惡魔打倒就好了。她明知道有這麼多人活在比泥巴還爛的世界裡，結果還是把他們當成玩具來玩弄。」

現在兩人能做的也只有這樣。

至於吳宗達在那之後究竟要怎麼做，兩人也無從得知。

第四章　異空間操作鍵盤

午後的辦公商圈附近的某間便利商店裡，這時不太平靜。

「是還要讓我等多久啊？我趕時間，跟你們這種吃飽就沒事做的店員不一樣，快點把我的咖啡弄好給我！」

櫃檯方向傳來一陣不滿的大叫聲，讓整間店裡的客人們不禁側目。

大吼大叫的人是個像上班族的年輕男性。因為這時候的櫃檯人手不足，新人店員們忙著替其他客人結帳，結果新人店員不小心把他點的拿鐵咖啡忘了。

「先生，對不起……我們馬上幫你弄……」

「快、一、點！」男性故意一個字一個字大聲強調：「你們連一杯咖啡都弄不好，要是害我等一下回去跟客戶見面遲到的話要怎麼辦啊？」

「我們盡快……」

「那現在就給我咖啡啊！要是等一下害我被客戶罵的話，我要你負起全責！」

——這個時代的小朋友就是這樣子，連這點小事都做不好。為了這個社會好，自己一定罵他們，才能教育他們做得更好！

這時候其他店員從倉庫裡跑出來支援，總算在一分鐘內把他點的拿鐵泡好給他。

他喝了一口，馬上露出討厭的表情。

「我剛才說不要加糖，是沒在聽是不是？」

「先生，真的很不好意思，那我再重泡……」

「不用啦！反正我根本不在乎你們要怎樣！」

說完，他直接把那杯只喝了一口的拿鐵摔到地上，讓泡好不到三分鐘的拿鐵倒得滿地都是，然後他無視店裡人們的反應，直接走出店外。

這個社會上有太多人就是欠罵，所以才會有這麼多讓人煩躁的事發生。宋敬銘忿忿不平地回到公司，自己這種在廣告公司擔任主管的菁英跟那種閒閒沒事喝飲料的屁孩，哪一邊比較重要誰都知道吧？

敬銘把拿鐵灑得滿地都是也不是純粹要洩憤，這是為了訓練店員處理事情的反應更加敏捷，是為了讓社會更好而做的行動。

一回到公司，敬銘就看到公司外面茶水間裡堆滿的垃圾桶沒人整理。這點讓他無法忍受，他馬上對著剛好在茶水間裡倒茶的下屬吼道：

「為什麼垃圾桶滿了都不會整理？趕快把垃圾打包一下然後拿去倒啊，這種小事也要我一個一個講是不是！」

「這個等一下會……」

「還等一下！現在、現在、現在！我現在就要看到這袋垃圾消失！」

這些新人一個個都欠罵，所以才會命令一句回嘴那麼多句。聽到命令就該閉上嘴然後像個男人一樣默默做事，現在的年輕人竟然連這種簡單的道理都不懂！

這個社會就是這樣，到處都是讓人看了覺得不爽的事情。如果自己不伸張正義的話，這世界就什麼都不會改變。

像剛才那樣大聲喝斥店員的事情，敬銘平常就常常做。這世上的人就是欠罵，自己這麼做是為他們好，為了這個社會好，這個社會還真該頒一枚獎章給貢獻良多的自己啊。

像先前他在餐廳吃午飯，服務生上菜的速度太慢，他馬上把服務生叫過來，義正詞嚴地當著所有人的面大聲訓斥他一頓。服務生就是欠罵跟懶散，自己是為了矯正他們所以才這麼做的。

還有不久前在咖啡店裡面買咖啡的時候，店員不小心把冰塊放到他的飲料裡面，他當然氣炸了。就算店長出來道歉，他也沒打算要原諒對方。

這不是因為自己心胸狹小，而是這樣子對方才能把這次的教訓牢記在心，人要是輕易得到原諒的話，馬上就把自己犯的錯忘得一乾二淨，下次一定還會再犯，這當然也是為他們好。

這世界上大概找不到第二個像自己一樣有正義感的人。

回到家，他坐在電腦前做的事既不是追劇也不是玩遊戲，而是閱讀新聞網站上的新聞報導，然後在下面打評論。

『這種只會給社會添麻煩的廢物　早點投胎算了』

『人渣不意外』

『兇手趕快消失掉　對這個社會才有益處』

『酒駕死了好啦　爽』

敬銘打的每則留言都是這種在酸人罵人的話。但是這就是他實現自己的正義的方式，他每天都在為了社會上的公平正義而努力，敬銘覺得自己就是現代的英雄。

這時敬銘想起冰箱裡已經沒有牛奶，他起身準備到附近超市去購物。

他經過一間空屋前面時，門口有兩隻流浪狗正在交配。這真的太礙眼了，敬銘撿起地上的幾顆石頭便接連朝兩隻狗身上丟過去，那兩隻狗發出幾聲哀嚎，狼狽地逃跑。

爽快！這種妨害風化的動物就是該打，今天自己又做了好事！

看到那兩隻狗跑了一段路又停下來，敬銘繼續撿石頭丟牠們。不巧地，其中一塊石頭打到一輛停在路邊的機車，車頭燈上方的車殼留下一道清楚的傷痕。

「你剛才是在丟三小？」

聽到石頭敲擊機車的聲音，幾個一臉看起來想要找人打架的年輕人從附近的空地走過來，把敬銘包圍住。

「這是你們的車停在那邊的錯。那裡是紅線區，本來就不能停車！」

「我車停哪關你屁事！你剛才丟石頭又丟個屁啊！」

「你閉嘴。」敬銘毫不畏懼地對這些小屁孩回嗆：「少在那邊裝作不知道自己違法！你們的車停在紅線區，你們沒資格講一堆廢話！」

「小心我打死你！」

小混混們馬上動手。但敬銘也不是省油的燈，他一拳朝混混的肚子揍下去，讓他痛得倒地。一個轉身，他再奉送身後的混混一拳。

另一個沒被打到的混混大叫了一聲，撿起掉在旁邊地上的破碎酒瓶，直接朝敬銘的手臂刺了一下。

敬銘痛得大叫。眼見情況對自己不利，他連忙按住手上的傷口逃離現場。剛才那群混混叫囂著緊追在後，他趕緊穿過路邊防火巷，然後找可以躲起來的地方。

可恨！自己竟然會被那種不守規矩的王八蛋傷成這樣，他真不想承認正義也有潰敗的時候，這道傷口對敬銘來說是種屈辱。

等混混們的腳步聲遠去後，他才從角落走出來。

「可惡……這群垃圾！」

自己剛才好像受傷了，而且還流了不少血。敬銘咬著牙忍耐，想要等一下順路去警察局報案。

這時，敬銘身後有人向他搭話。

「你還好嗎？」

敬銘轉身，他的背後有個很可愛的少女站在那——不，她的美貌甚至單單用「可愛」這個詞也不足以形容，而是要用「百年才會出現一次的可愛」來形容才對。

少女留著一頭淺藍色長髮，墨綠色的眼睛看起來充滿天真，但敬銘在她天真的眼神之中似乎看到一絲不協調的氣息。

「我剛才路過的時候，不小心看到你跟那群人打架還有受傷。」少女一點也不害怕地靠過來，彎腰確認他手臂上的傷：

「好嚴重的傷口喲……感染細菌的傷口要是不處理的話就有可能會化膿，要不要到我的店裡處理你手上的傷口呢？」

「妳的店？妳家是有賣消毒藥水還有OK繃的藥局嗎？」

「我的店是各種生活用品都有賣的雜貨商店，從簡單的藥水到一些成藥都有販賣喔！」

「妳是來推銷產品的嗎？我沒空。」敬銘冷冷回絕。

「我懂您的意思了。那麼我在這邊治療好您的傷口，那之後就先告辭，還請注意安全！」

敬銘正想出聲阻止，淺藍髮美少女已經主動來到他的身旁，用纖細的手指在流血的傷口表面輕輕一撫。

一陣不可思議的微熱感從傷口滲入體內。那種感覺彷彿塗上某種草藥，傷口的刺痛感迅速緩和，血也沒有再繼續流出。

「這樣子就結束了！」

少女的手指再輕輕撫摸一下，傷口竟然像被擦掉的顏料般消失無蹤。

自己的手臂就像什麼事都沒發生過般，只有一陣清爽。

「我用魔法治癒您的傷口的事，還請保密不要跟別人說喲！」少女的食指輕輕抵在自己水嫩的唇上：「畢竟這是我不想讓人知道的秘密！」

在少女轉身離開現場時，敬銘再叫住她：「等一下……妳說的魔法是什麼？妳在玩什麼把戲？」

背對敬銘的少女，悄悄露出等到獵物上鉤的笑容。

「我的魔法說明起來可能會需要很多時間，不適合沒空又忙碌的您喔。」

「只是花個五分鐘聽一下而已。」

「我很樂意！那麼請跟我來。」

跟著少女穿過幾條馬路以後，敬銘看到前方道路上那塊顯眼的招牌。上面用紫底白字寫著「德吉洛魔法商店」七個字。

「我的店裡雖然會販售普通的日常用品還有食品，但是也會販賣能讓一般人使用魔法解決問題的商品，是一間充滿夢想與可能性的商店喔！」

「妳說的是解決什麼樣的問題？」

敬銘觀察著店裡面的擺設還有商品種類。店舖相當明亮，貨架上放著的商品也跟外面的生活用品店一樣，都是些像是調味料、碗筷餐具、盆栽、鏟子、鋼珠筆等常見的東西，可是沒看到像哈利波特那樣的魔杖或是帶有魔法的魔劍。

「任何生活中可能碰到的問題都行。」

少女回答道。這時的她已經穿上一件店員圍裙，別在上面的名牌寫著「白雨芯」三個字。

「減肥也好、想要舒緩身心也好、想要讓自己變得更幸運也好、想要讓自己的愛情更順利也好，或者像剛才那樣瞬間治療您的傷口也好。您想像得到的問題我們這邊大都能提供相應的商品。不過想要征服世界或成為全宇宙的王那種誇張的願望就不行了！」

「世界上有那種神奇的東西的話，人類早就不用煩惱那麼多事了啊。」敬銘用像是在暗諷「這什麼屁話」般的酸溜溜口氣說道。

「是嗎？您剛才不是也親身體驗過在一分鐘內治癒傷口的神奇力量嗎？」

「我沒說魔法不存在，ＯＫ？」

「沒關係、沒關係。第一次聽到這種話的人，大多難以置信。不如您說出您的生活中最想實現的一件事，然後您親身體驗看看吧？」

雨芯的笑容自信滿滿，不像是在騙人。

「好，這妳說的。我希望可以繼續伸張正義，而且還不會像剛才那樣受傷！」

敬銘現在最想做的事，就是繼續對抗社會上那些壞人。

錢可以自己賺，但正義一定要伸張。

「伸張正義嗎……」雨芯用手托著下巴沉思：「正義這種概念本身就很曖昧，而且世界上本來就沒有真正的正義，您說的正義指的是哪一種呢？」

「廢話，當然是糾正一看就知道很懶散、很腐爛的那種！不然咧？」

「那麼您伸張正義的方法是？」

「直接懲罰他們。」敬銘答得毫不猶豫：「那些廢人全部沒救了，只有把他們打醒，他們才會知道自己在幹什麼。」

「好的，我明白了。」

說完，雨芯走向店面最後方一間門上用紅字寫著「D」的房間，接著抱著功能不明的商品回來。

那是一組黑色的USB接頭薄膜式鍵盤。鍵盤按鈕上印著字體華麗的紅色文字，給人一種奢華感。

「電腦鍵盤？」敬銘一頭霧水。

「這是『異空間操作鍵盤』。」

「妳說這組鍵盤就可以伸張正義？妳在酸我嗎？」敬銘不禁有點不爽。

「怎麼會？」雨芯一笑置之：「您這麼想的話，不如現場讓您體驗一次就明白意思了。」

她把鍵盤接頭插上放在櫃檯的電腦主機。螢幕上顯示出沒見過的程式畫面，敬銘不懂她想要幹嘛。

接著雨芯對著敬銘展示了一下鍵盤上的按鈕，接著按下上方功能鍵區的其中一顆按鍵。

沒有人有反應。因為店裡唯一的客人無聲無息地從原地消失了。

「接著，再輕輕按一次！」

雨芯邊哼著歌邊按下另一個按鍵，敬銘再次回到店裡。慌張的他全身從頭到腳濕透滴水，驚甫未定，就好像他剛才掉進水裡那樣。

「感覺怎麼樣？」雨芯滿臉笑容地詢問敬銘感想：「突然被轉移到沼澤裡面，非常驚喜吧？」

「……妳在玩什麼把戲？」敬銘只能吐得出這句話。他剛才突然從店裡瞬間移動到一座沒看過的沼澤中央，而且四周的空氣還充滿水草植物的氣味。

「這就是這組鍵盤的其中一種功能。它可以把現實世界中的人類或物品，轉移到這組鍵盤創造出來的異空間裡面。」

「就像我被丟到那個沼澤裡那樣？」敬銘試著擰乾自己身上的衣服，確認那不是幻覺。

「剛才除了把你丟進那個沼澤裡面，其實還可以引發更多有趣的效果喔！」雨芯因為想像到非常好玩的事情，忍不住發出「嘻嘻嘻」的笑聲：

「這就像Photoshop那樣的軟體，根據用途的不同，也會創造出不同的效果那樣，如果你想要伸張正義，把那些你說的壞人全部都丟到哪個不知道的地方的話，那麼它能做到的事情，全部都依照您的想像力而定！還請讓我見識見識你的正義吧！」

「妳想要藉機削我一筆嗎？」敬銘還是覺得其中有詐。

「任何功能便利的產品，價格昂貴都是正常的事啊。更何況是這組只有我們魔法商店才有販售，功能強大的鍵盤呢？」雨芯用稀鬆平常的口吻回答：

「如果您的預算不夠的話，我當然也不會強迫您買，請放心吧！只是我沒辦法保證在您考慮的期間，會不會有其他客人把它買下來喔。」

「會不會是這間店的地板下面有沼澤，妳在騙我？」

「那這次讓您到砂漠裡面吧。」

雨芯再按下另一顆按鈕，把敬銘轉移到異空間中的砂漠裡面再轉移回來。

這次全身沾滿黃砂的他終於相信了。親身體驗過鍵盤不可思議力量的敬銘，陷入猶豫之中。

「這組鍵盤多少錢？」

「兩千元喔。」

「有保證書嗎？有附產品說明書嗎？故障的話會提供維修服務嗎？」

「全部都有，我們提供完整的售後服務，如果壞掉的話歡迎隨時打名片上的號碼聯絡，無法修理的話我們也會全額退費，這點還請放心！」雨芯面帶完美的應對笑容回答。

聽到雨芯的保證，敬銘的疑問一掃而空，他的心裡也湧起一股興奮感。

「除了那個沼澤……還可以把人轉移到別的地方嗎？」

「可以啊，不過這個我就當作驚喜，等您自己慢慢發掘吧！」

敬銘心裡好久沒有出現像是找到新玩具般的感覺。但更重要的是，他得到更強的力量能讓自己繼續伸張正義。

他完全忘記牛奶的事，直接付錢結帳。

※

「看到今天的新聞了嗎？」

映恆今天中午跟直純在商場大樓六樓的燒肉餐廳裡面見面時，一開口就這麼問。因為最近兩人一直尋找魔法商店的客人沒有休息，於是直純便提議乾脆找一天吃高級一點的燒肉犒賞一下自己。映恆平時的收入來源就是自己打工的薪水還有親戚給的零用錢，因此很少有機會吃燒肉或其他高價料理。

「前幾天看到失蹤的新聞的時候，我早就注意到了。」

當肉片在烤盤上滋滋作響的時候，直純用手機把所有新聞連結調出來讓映恆看。

從五天前開始，各地都發生了超乎想像的失蹤事件。失蹤事件一天就會發生四、五次，頻率高得就算直純不刻意搜尋也會注意到。

首先是五天前，一名高中生在捷運車廂裡面憑空消失。當時是離峰時段，那名高中生請假返家的途中搭上捷運，結果從此人間蒸發。

警方調閱了車廂內監視器，雖然有拍到這名高中生坐在博愛座上的樣子，但途中監視器畫面有短短三秒突然變成雜訊，恢復正常的時候，他已經從座位上消失。

再來是四天前的晚上，有一群在酒店裡當圍事的年輕人們從公司門口走出來，準備要騎上機車離開的時候，同樣突然人間蒸發了。附近的目擊者才把視線從門口移開十秒左右，再回頭他們都不見了，只剩下插著鑰匙的機車留在原地，其中一個人買的啤酒瓶直接掉在地上，啤酒流了滿地。

接著還有從辦公室裡面突然消失的五名職員、從店裡憑空消失的便利商店店員、下班途中突然失蹤的咖啡廳店長……映恆知道那個店長不是別人，他就是先前向魔法商店買下了禁止令留言白板的客人。

「這些失蹤者之間全都不認識，也找不到關聯。但是這間店的店長……他之前也是那間店的客人。」

「這是巧合嗎？」直純驚訝張大嘴。

「但只有這樣的話，還是判斷不出背後的犯人還有他的犯案動機。」

「會是白雨芯做的嗎？」直純忍不住問。

如果這一連串的失蹤事件是針對魔法商店客人的攻擊行動，那犯人只有可能是店長白雨芯。既然她有辦法製造出那麼多種魔法商品，那麼找到那些客人並綁架他們也不是難事。

「但這種事感覺不像她的作風。」映恆搖頭。

「如果她會這麼做，那就不用大費周章弄一間店然後賣商品給人類了。如果不是隨機犯案造成的巧合的話，那就是這個人跟另一個客人之間有衝突。總之要先找到那個客人才行。」

「可是這次會很難找耶……」直純不禁露出煩惱表情：「那些人會憑空消失，一定是用了瞬間移動之類的方法，那個人根本就不在現場啊！」

「我猜現場一定會有留下什麼痕跡。」映恆把烤好的燒肉夾進自己的碗裡，配著白飯大口吃：「像是誰在現場拿著可疑的東西，或是其他不正常的怪事。就算難找，到現場看看一定可以找到或感覺到什麼。」

「喔……」

兩人沒有警察那樣可以調閱監視器或大規模搜索的權力，網路上據傳是現場流出的監視畫面，也沒有看到嫌疑人的影子，只靠著幾個朋友的協助，想也知道會很難找。

「這樣找下去根本沒完沒了啊，」直純邊嚼著燒肉，邊用疲累的聲音抱怨：

「要是她一直散播那些商品，我們就算追十年也追不完啊……」

「只要能鎖定那間爛店位置，再加上幹掉她的方法就夠了。」

「這樣的話，我有想到一個好辦法！」

直純拿出先前撿到的那張傳單。上面記載著完全沒有聽過的魔法書店的資訊。

「看到這個的時候，我想到還有一個可以用的辦法。就是——」

直純開口說到一半，燒肉餐廳裡的驚叫聲打斷了她的話。

十幾個客人聚集到落地窗前，指著下面議論紛紛。擠到窗邊的直純也看到外面的景象，不禁驚叫。

有一具屍體躺在大馬路的正中間，地上的血跡正逐漸擴大。

直純被突然出現在面前的死者嚇呆，頓時間全身動彈不得。映恆把她從地上拉起來，然後朝樓下跑去。直純回過神，連忙跟在後面。

「喂，你們還沒結帳啊！」店員抓著帳單在兩人背後大叫。直純跑回來丟下一張千元鈔，連零錢都不拿就跑下樓。

因為屍體在馬路中間的關係，路上車陣已經回堵了近百公尺。趁著警察還沒到現場前，映恆靠近屍體，然後蹲在旁邊觀察。

看起來像青年的屍體，身上穿著被血染紅的襯衫與西裝外套。從屍體的慘樣來看，他是從高處墜落下來摔死的，而且身上還有幾處刀傷。

他抬起頭，這條馬路的正上方沒有任何像天橋的通道，因此可以排除有人從橋上棄屍的可能。如果是跳樓自殺也不合理。距離馬路最近的建築就是這棟商場大樓，要是跳下來的話照理說也是墜落在人行道而不是馬路中正央，除非這個人會飛，不然要從樓頂飛越幾十公尺摔到馬路上根本不可能。

最有可能的方法就是利用飛機或直昇機，把屍體從空中丟下來，但感覺還是怪怪的。

「映恆……不要靠那麼近啦……」

直純擔心地拉著映恆的手要他離屍體遠一點，畢竟死法怪異的屍體突然出現，直純覺得自己晚上都要做惡夢了。

「他的身上有商品的氣息。」

映恆突然說出讓人驚訝的話。

「你是說……這個人是客人？這是怎麼回事啊……」

「不知道。」映恆盯著眼前的犧牲者，努力思考究竟發生什麼事：

「他從頭到腳都有那種氣息，我也從來沒遇過這麼詭異的客人。就好像他全身都浸到某種液體商品裡面的感覺……」

「我怎麼越聽越搞不懂了？」

這是他死前被浸在藥水裡的意思嗎？可是這跟他從高空掉下來又有什麼關係？

警察在三分鐘後趕到，兩人當然只能離開現場，然後從遠處看封鎖線內的情況。

「會不會是有誰用飛機把屍體丟在路中間啊？還是被人從飛機上推下來摔死的？還是有誰要降落的時候不小心出意外？」兩人走在大樓周圍的路上的時候，直純推測。

「那具屍體身上沒有裝降落傘，還有正常人要殺人或棄屍的話，才不會用這種誇張又明顯的方法，要丟也要丟在荒郊野外才對啊。」

「啊……是這樣啦。」直純恍然大悟並點頭：「現在越來越搞不懂是什麼狀況了。」

屍體突然從高空中掉下來的狀況，跟現在的連續失蹤事件很像。很有可能是有誰用了某種力量把人瞬間移動，然後再把屍體瞬間移動到別的地方。

要是真的是會用瞬間移動的客人的話，難怪監視器畫面都沒看到人。

「也有可能那個人是被害者，真正使用商品的客人還躲在哪個地方。」

映恆邊說著邊確認附近的小巷或走廊，他正在感受這些角落是否有奇怪的氣息。

這時，他突然把頭轉向左前方。

「怎麼了？」看到他突然停下腳步，直純不禁緊張。

順著映恆的視線方向望去，直純看到一個右手提著公事包提袋，左手抱著電腦鍵盤大小紙盒的年輕男子。

「就是那個人。」

映恆喃喃自語說著，接著跟了上去。

※

那間魔法商店賣給敬銘的「異空間操作鍵盤」，上面的字母按鍵配置都跟一般鍵盤沒有兩樣。唯一不同的是，原本應該是F1到F12的功能鍵區被十二顆寫著不同功能的按鍵取代。

這些按鍵上分別寫著「尋找」、「傳送至空間」、「空間切換」、「創造空間／物件」、「新增物件」、「編輯空間環境」、「發送訊息」、「移動畫面」、「編輯物件」、「命令物件」、「選擇移動座標」、「從空間送回」。

要用更平易近人的例子來譬喻的話，就是像先前流行的動物主題遊戲可以打造獨一無二的無人島那樣，這組鍵盤的神秘能力，就是可以設計創造出一個異空間。

只要把鍵盤接到筆電或電腦主機上，操作畫面就會自動出現在螢幕上，接著就能開始使用。

敬銘自己也不太懂那是什麼，那是像是存在於網路空間之類的場所。那個店員製作的沼澤空間就是一個範例。

他可以自由創造出一個全新的空間，不管是叢林、砂漠、海洋或是看起來像外星環境的暗紫色荒原或魔界般的黑暗世界都沒問題，只要利用「創造物件」的功能，就能像玩遊戲般製作出一個全新空間。

但就像店員小姐把自己轉移到沼澤空間那樣，敬銘也可以把其他人或物品轉移到用鍵盤創造出來的空間裡面，接下來他就可以在這個空間裡面隨意處罰任何他見到的爛人。

那個店員說的沒錯，這個鍵盤不只能讓他執行正義，而且爽度爆表。

現在敬銘自家的電腦螢幕上映著一片灼熱的紅色土地，地面上除了焦掉的樹木與焦黑的石頭以外什麼也沒有，裡面還有幾十個人在地上痛苦地在滾燙的地上打滾。

這片景象全部都跟實際拍攝的畫面一樣真實，真實到彷彿能隔著螢幕感受到裡面炎熱的溫度，讓設計出這個空間的敬銘感覺就像創世神。

這景象看了就讓人心情真爽，那些敬銘以前除了用罵的以外根本無法制裁的爛人，現在敬銘只要坐在電腦前敲敲鍵盤就可以輕易執行，還能遙控裡面的怪物去攻擊這些人，他內心的正義正在實現。

在敬銘用鍵盤設計完自己的空間後，按下「尋找」鍵螢幕上就會出現能在半徑一公里內移動的畫面，找到不守規矩的人並點選以後，按下「傳送至空間」就能讓對方瞬間移動到空間裡。

一切簡單得像在玩遊戲。

他用滑鼠點了一下螢幕上那隻他創造出來的蠍獅——一種有蠍子尾巴，像人面獅身獸的神話怪獸。牠的頭上冒出一個白色對話框，然後他輸入『去攻擊那個老人，但不要殺死他』。

蠍獅的反應像是接受到什麼天啟般，朝著那個滿臉惶恐想逃跑的老人撲過去，然後在他身上留下無數爪痕。

老人的痛苦慘叫透過電腦喇叭傳出，螢幕上的老人身上的十幾道血痕也不停流血，讓他模樣痛苦不堪。

雖然有點殘忍，但敬銘一定要這麼做，這都是為了讓這個社會更好，有些人沒有嚐過苦果，是絕對不可能反省的。

敬銘又不禁想起在他小學三年級那年，發生在自己身上的慘痛意外。

敬銘的媽媽是一間機械零件進口公司的高階主管。從他小時候懂事開始，她就一肩扛起指揮整個團隊的重任。

他小時候就常常跟著媽媽一起到辦公室。媽媽除了要主持公司一部分的決策，還要監督屬下的工作狀況。

他還記得自己寫好功課，拿著聯絡簿要讓媽媽簽名的時候，媽媽在辦公室裡面大聲責罵那些業績沒有達到標準的業務的樣子。

媽媽時常告誡自己，那些人就是因為工作不努力，所以才會在公司裡面被罵，是他們太弱太爛了。責罵還有處罰這些人是為了讓這些人變得更好，這是上位者該做的事。
敬銘覺得為了他人而努力責罵屬下的媽媽真的很偉大。這些人真的該打該罵，為什麼這麼簡單的業績都做不到？他在學校裡都可以努力考一百分了，這些人連這麼簡單的事都做不到，真是社會上的廢物！
除了業績沒達標的屬下，她還會責罵那些沒遵守公司規定的人。像是午休時間在辦公室裡面吃飯太大聲的人、在茶水間裡聊天的人、生病請假太多次的人或是上班打瞌睡的人。
不只是大聲罵，身為主管的媽媽還會警告他們要是不改進的話，就會直接開除他們，有時還會甩他們巴掌。
罵這些人是為了這個社會好。如果不罵他們的話，他們就會永遠不知道自己哪裡錯然後我行我素地為他人添麻煩，所以不管什麼理由都一定要打要罵，這就是所謂的正義。
敬銘對媽媽的這種正義的態度非常尊敬。在還是孩子的敬銘心目中，到處責罵人的媽媽就是讓社會和平的偉大英雄，是比那些偶像歌手還是政治人物都更值得崇拜的人！
所以，他的夢想就是成為像媽媽一樣可以阻止他人為非作歹的人。
他相信像媽媽這樣為公司與社會著想的人，一定很受歡迎。
但那天的悲劇，就像是這個邪惡的社會對執行正義的自己的反擊。
那天放學，敬銘一如往常到媽媽的辦公室裡寫功課。這個時候媽媽在屬下們的辦公室裡跟犯錯的屬下吵架，吵得很大聲。

他有點擔心，所以就跑到走廊上來看，結果看到媽媽動手把一個男生屬下推倒在地上。那個屬下也很生氣，他完全沒反省自己的錯，直接開始跟媽媽扭打起來。旁邊的屬下們發出尖叫，試著要把兩人拉開。

媽媽揮拳打他的頭，那個屬下也反擊，而且還從別的屬下桌上隨便抓了東西就朝媽媽的肚子刺過去。

沒想到那是切水果用的水果刀。肚子被水果刀刺中的媽媽發出慘叫，整個人倒在地上，血一直從媽媽的肚子裡流出來，地板都變得紅紅的。

辦公室裡發出一片慘叫，一群職員慌張地圍到媽媽身邊，有些人連忙去叫救護車，有人報警，當時才九歲的敬銘被這一幕嚇得大哭，卻什麼也不能做。

媽媽那天就被送到醫院。雖然手術後救回一命，但從這天起，她沒辦法再回原本的職位工作，被迫辭職休養。

那個攻擊媽媽的屬下也被警察抓走，現在不知道在哪裡關著。

這件事讓敬銘大受打擊。為什麼像她那樣維護正義的人，卻要被壞蛋傷成這樣？他不懂，可是他只知道一件事，那就是他很生氣，氣得想要打死那個人。

一直到現在，媽媽的身體都還因為那天的刀傷有後遺症在，沒辦法長時間工作。對那個人渣還有對邪惡的怨恨，也一直在敬銘的心裡紮根。

世上最該死的明明是那些腐化社會的敗類，憑什麼敗類能活得自由自在，我媽這樣為社會盡心盡力的人卻要活得這麼痛苦？不公平、可惡、我恨死他們了！

一想到那天發生的事，敬銘就不禁對現在這世上的爛人湧現一股痛恨。所以現在他用鍵盤創造出來的地獄折磨這些人也只是剛好，他們就是要嚐到同樣的痛苦才會改正，所以最有切身之痛的他，一定要這麼做！

這個時候，螢幕上的老人正好也被攻擊得躺在地上奄奄一息。敬銘按下「從空間送回」的按鍵並用滑鼠點選老人，他的身影在按下Enter鍵以後從畫面上消失無蹤。

他不會真的殺死這些人，不然他就跟可恨的殺人犯沒兩樣。

那些送回現實世界的人，都會出現在他指定的位置。這組鍵盤不管是要抓人還是放人，範圍都只有一公里，如果要找更多目標，他就得帶著筆電與鍵盤到處移動才行。

這組鍵盤接在筆電與桌電上使用的效果都一樣。利用筆電抓的人，回到家裡還是可以用桌電繼續玩弄，那些人不會因為鍵盤拔掉就自動回到現實世界。

敬銘當然知道現實中的失蹤事件變成社會新聞的事，但他只是帶著筆電與鍵盤行動，再怎麼樣也不會懷疑到自己身上。

那個老人被抓的原因，是因為他隨地吐痰外加亂丟菸蒂；先前被釋放的那個高中生，理由是他坐在捷運博愛座上沒有讓座；另一個年輕人被抓的原因，則是因為他沒有遵守兩段式左轉的規則；再來上次刺傷自己的那群混混，還有連要不要放冰塊都搞不清楚的咖啡廳店長，他都給了適當的處罰。

接下來敬銘準備要找假釋犯下手。直接把受刑人從監獄裡轉移到鍵盤空間中雖然沒問題，但他現在不想引起更大的社會恐慌。

當他要繼續設計新的煉獄空間時，旁邊傳來窗戶打開的聲音。

「你就是失蹤事件的主謀吧。」

敬銘猛然回頭，窗台上有一名少年與一名少女爬上來。讓他驚訝的不是有人入侵，而是他家住在七樓，竟然有人會從窗戶爬進來這點。

「利用魔法商店賣的商品的力量，把受害者綁架到別的地方，然後再用瞬間移動的方法棄屍，這樣的做法真的很惡劣。」

少年與少女就是桑映恆與江直純。直純利用梅杜莎髮箍變出的蛇髮，拉著映恆直接從樓梯間攀爬到窗戶邊。

「你們是誰？講什麼莫名其妙的話！」敬銘從座位上起身，擋住螢幕畫面並大吼：

「現在你們已經犯了侵入住居罪，立刻離開我家！」

「那樣的話，你虐待那麼多人又該判什麼罪呢？」映恆很明顯感受到那股商品的氣息從他身後傳來：「你用的商品，就放在你的背後。」

敬銘像是明白什麼事情似的，露出一絲深沉的微笑。

「你們也在那間店買過東西嗎？那你們來找我又要做什麼？想勒索嗎？」

「為什麼要做這麼過分的事情？」直純讓蛇髮保持警戒，用不解的聲音問道。

「你跟那些人有仇嗎？」

「不是有沒有仇的問題，是那些人就是要受到懲罰才行。」

敬銘回答直純的問題時，看起來一臉正氣凜然，半點罪惡感都沒有。

「你們沒注意過嗎？這個社會有許多擾亂秩序還有給人添麻煩的敗類，就像那個坐在博愛座上不讓座給老人的高中生，根本無恥！還有那些亂停車還把我刺傷的混混，他們也該受到更嚴厲的懲罰！」

「那些人如果真的犯錯，警察就會逮捕他們了，你不能這樣做！」

「這個社會的警察也腐敗了，我根本就不期望他們能執行正義！」

「你只是一個自以為是正義使者，在路上隨便亂抓人處刑的自大狂。」

映恆的反應不太意外，因為世界上有太多這樣子的人了。

就像在網路新聞的留言區或是哪個討論版上，都會見到那種恣意用惡毒言語攻擊目標的酸民那樣，他們彷彿以為自己就是居高臨下審判罪人的法官。

這種情緒或許就是人類的劣根性之一，電影或是小說也把這個議題討論到快爛掉了。

「我沒有隨便抓人，我也不是自大狂，你最好注意一下你的措詞！」敬銘的音量提高：

「我都親眼確認他們的行為有多惡劣之後，才把他們抓起來給他們懲罰，有些人就是不受處罰就永遠不知道要反省，所以要給他們一點教訓！」

「你說的教訓就是把他們都殺掉嗎？」

「你在亂講什麼，我有殺人嗎？」敬銘的反應相當不屑：「我從來都沒有殺過人喔，是那些人自己身體太弱了，才懲罰個幾下就自己死掉了！那不是我殺的喔！」

對敬銘來說，就算那些人回到現實世界後因為別的原因死亡，那也是他們咎由自取，不能怪在他的頭上。

「看來是談不下去了。」

映恆判斷再跟對方爭論下去也沒用，直接毀掉對方手上的商品比較快。

他的身體飛速地衝向敬銘，練習過武術的敬銘馬上擺好架勢準備迎擊。眼看就要直接跟敬銘正面衝突的映恆，這時突然靈活地繞過敬銘，接著直接把手伸向放在桌上的那組鍵盤。

「不要亂動！」

敬銘怒吼，同時試著用腳絆倒繞到自己右後方的映恆。

映恆反應靈敏，閃過敬銘伸出的腳。但敬銘的拳頭也不留情地直接朝映恆揮出，為了閃開這一拳，映恆不得不拉開距離。但這個動作給了敬銘機會，他馬上按下鍵盤的Enter鍵。

「啊！」

那一剎那，映恆竟直接從客廳裡憑空消失。

直純叫出聲，那組鍵盤竟然有直接把人瞬間移動到別的地方的功能，這未免太誇張了！更何況魔法商店的魔法應該對映恆無法產生效力，這又是怎麼回事？

「你把他變到哪裡去了？」直純問，她頭上的蛇也再次動起來，對著眼前的敵人威嚇。

「是你們先侵入我家，有錯在先的人會被怎麼處罰都沒資格插嘴！」

「那你傷了那麼多人也有錯啊？你也不能怪誰！」

「這就像美國警察為了制伏嫌犯也會有直接射殺嫌犯的狀況，為了改變社會，總是會有沒辦法兩全其美的時候！」

「但你又不是警察！快放了他還有那些被你抓的人！」

直純伸長蛇髮，直接把敬銘的四肢纏住，讓他無法再碰鍵盤。

這種憑藉幼稚的正義感之名行犯罪之實的人物，在漫畫或電影裡雖然常見，直純沒想到現實生活中也有這種人。

同時，映恆被丟到從未見過的空間裡。

這個空間的地面是臭得像大便的泥土地，天空的顏色是彷彿會散發酸臭味的黃色。四周有枯掉的樹木，還有像是感染喪屍病毒，全身都是鐵灰色而且流血的犀牛、長頸鹿或猿猴的野生動物在遠處徘徊。

就像煉獄般的世界。

附近有六、七個人躺在地上呻吟，他們都是新聞裡的失蹤者。

「還好嗎？」

映恆把受害者扶起來，他發現其中一個人有些眼熟。

「你是上次的咖啡廳老闆？」

這個人就是向德吉洛魔法商店購買了「禁止令留言白板」的咖啡廳老闆邱佳亨。

現在的他全身是傷，身上的衣服有多處撕裂，有如被野獸攻擊。

「你怎麼在這……」佳亨也認出映恆，用氣若游絲的聲音問。

「我還不清楚他用的商品的功能，你先告訴我你跟那個人之間發生什麼事，還有他的商品又有什麼功能？」

「不……不知道……」佳亨虛弱地吸了一口氣：「我連……我怎麼在這……都不知道……」

「你跟這個人完全不認識嗎？在這之前你有做什麼得罪誰的事？」

「得罪……你說客人嗎……」

佳亨完全沒有那種印象，真要說得罪誰的話，應該是每天在店裡面鬧事的奧客吧。

「就是那個說要懲罰敗類，看起來很自以為是的男生。」

佳亨搖頭，看來是不記得了。

映恆從這個地方發出的氣息判斷，這是那個人創造出來的世界，他用的商品八成就是那組鍵盤。

「你要小心一點……」另一個倒在地上的中年男子提醒映恆：「那些野獸不知道什麼時候會咬過來……找到出口之前都不能鬆懈。」

除了創造這個空間，這些人一定也是被鍵盤的力量轉移進來。使用者只要舒服地坐在座位前按幾個鍵，就可以輕輕鬆鬆綁架並虐待受害者，這真的是非常惡劣的道具。
況且照理說不會受到任何商品魔法影響的自己，現在竟然會被鍵盤的魔法轉移，這就表示白雨芯為了對付自己，調整過了最近賣出的商品的力量。
要回到現實世界的話，就只能靠直純了。映恆握緊拳頭，祈禱外面的直純可以早點打倒那個客人。
在鍵盤空間外的敬銘，現在被蛇髮纏住，連一個按鍵也無法按。直純也緊纏著他不放，他的力氣再怎麼大也敵不過蛇髮的力量。
「放開我！妳這怪物！」
「我放開你的話，你就會繼續虐待那些無辜的人，請你冷靜一點。」
「那些人一點也不無辜啊！他們全都在給社會添麻煩，被處罰只是剛好，他們活該！」
「你這樣就跟私刑一樣了……」
直純說到一半，本來緊緊綁住敬銘的幾隻蛇忽然鬆開他的手。
敬銘的手上抓著一只燃油打火機。那些蛇在碰到火焰的時候全部脫離直純的控制，然後退縮回去。
「怎麼會……？」
直純完全不知道梅杜莎髮箍有這種弱點。其實髮箍產生出來的蛇髮會自動避開火源這件事，也是雨芯告訴自己的事實。她告誡自己，接下來會有兩個多管閒事的年輕人會來妨礙自己的行動，所以他也準備好反擊的手段。

「妳也消失吧。」

敬銘飛速地敲打鍵盤的功能鍵與普通按鍵，螢幕上顯示出直純慌張的臉龐，他馬上鎖定這張臉，然後按下Enter鍵。

梅杜莎模樣的直純也從現場消失，敬銘的客廳再次靜下來。

他按下「空間切換」的按鍵，畫面再次變成困住十幾名受害者的世界。

敬銘說自己不殺人是事實，頂多就操縱裡面的怪物把這些人攻擊到重傷而已，在送回現實世界後發生什麼事都跟他無關。

他也打算要好好教訓剛才那兩個年輕人，就算自己做的事就跟私刑一樣，但他們闖進自己家裡也有不對，既然有錯的話，那自己當然有權利懲罰他們。

所謂的正義就是，用**比對方更強的暴力**讓對方明白自己是錯誤的。

說什麼人可以教化、愛的教育、法律能約束人，那都是狗屁！如果人類這種動物真的能用漂亮的大道理改變的話，那為什麼媽媽會被那畜牲拿刀捅？

世上只有激烈的言語、強大的力量才能改變人，所以就算是私刑也無所謂，暴力就是伸張正義的唯一一條活路！

他開始點擊螢幕上的怪物，飛速鍵入各種攻擊命令。鍵盤空間的獄卒們收到命令，馬上開始襲擊罪人。

鍵盤空間裡包括映恆在內的所有人，看到直純突然從半空中出現時都嚇了一跳。

「完了……」剛替邱佳亨店長包紮完傷口的映恆，不禁驚叫：「連妳都被丟進來的話，那就沒人能阻止他了。」

「對不起。」直純也只能尷尬地笑著道歉。

「在找到離開這裡的方法前，先保護好自己！」映恆警告：「那些怪物不知道什麼時候……」

遠方的野生動物，在映恆講到一半時突然一隻接著一隻衝過來。

受害者們全害怕地拖著受傷的身體往後退。映恆發揮超越平時水準的怪力，把體型有自己的五倍重的野獸摔出去。

直純也再度變成梅杜莎，用蛇髮把野獸一隻一隻摔出去。兩人近看後發現，這些野獸的手臂竟然全部都變成一根長刀。

「小心點……這些怪物都會砍人！」

一名被砍得渾身是傷的被害者，用恐懼的聲音警告。

兩人都從地上撿起樹枝，跟眼前野獸對抗。直純的頭髮一口氣抓起五、六根武器，在抵擋野獸裝在臂上的刀的同時，也纏住野獸的腳把牠們一口氣全絆倒。

「啊啊啊！」

直純高喊一聲，她的眼睛發出不可思議的能量，所有看到她的眼睛的野獸們全停下動作，全身都變成堅硬的石頭。

短短不到十秒的時間，怪獸們全化成毫無攻擊力的雕像。

「大家退後！」映恆對著其他人高喊，讓直純站在前面繼續把看到她的怪物全部石化。

坐在螢幕前的敬銘看到這一幕，馬上按下「新增物件」按鍵，在畫面上像複製貼上那樣輕鬆再新增上百隻野獸，接著再對著那些新增的野獸快速鍵入「繼續進攻」、「集中攻擊剛移動進去的男生」等指令。

雖然自己只要打字就可以遙控野獸攻擊，但速度太慢很快就會被那個女孩的石化能力打倒，所以現在自己現在不拼命不行。

自己不能輸。每當他的腦海回想起媽媽被可恨的人渣用刀捅的畫面，他的心底就會湧起一股想要把當時的怨恨發洩出來的念頭。

輸了的話，就象徵著自己的正義敵不過這個社會的人渣。

他無法原諒，也絕對不會原諒這些人渣。對這些為社會帶來麻煩，又絕不會反省的人渣手下留情，就是最對不起自己還有媽媽的錯誤。

畫面上的野獸們繼續進攻，但完全敵不過直純的石化能力，一次就有至少三十隻野獸同時變成沒用的雕像。

「那個店長為什麼要把這麼麻煩的東西賣給這種小孩啊！」

敬銘大聲地抱怨著。

「我要打爆你們！」

在敬銘眼中，這些人全都像那天刺傷媽媽的犯人的分身，讓他心裡充滿憤怒。

他按下「空間切換」鍵，把惡臭的泥土地空間變換成拷問牢獄般的室內空間。

這個空間是個天花板有三層樓高的黑色大廳。大廳的牆上掛著各種在奇幻RPG遊戲裡常看到的斧頭、流星錘、雙手劍、斧槍之類的武器，空氣裡飄著血腥臭味。

手上裝著長刀的野獸不見了，取而代之的是上百名高約兩百公分，身上穿著黑色盔甲，手中抓著兩把長劍的戰士。

「這些怪物感覺更兇了耶……怎麼會這樣？」直純露出一臉「饒了我吧」的表情，頭上的蛇也跟著有氣無力。

「那個人當然想把我們幾個全部幹掉。」映恆無奈嘆氣，然後拾起掉在附近的一把長劍，朝那些衝過來盔甲砍下去。

盔甲裡面傳來斬開空殼般的觸感，裡面空無一物。

「看著我的眼睛！」

直純大喊，接著前方跟她對上視線的盔甲也無一倖免變成石像。雖然石化能力對盔甲也有用，不過這並沒有減少盔甲襲來的速度。

「除了石化以外也可以用劍刺它們，從它們的胸口附近刺進去！那個位置比較脆弱！」

直純用蛇髮搶下盔甲戰士手中的劍，一口氣將兩名戰士的盔甲一分為二。其他人依然躲在後面尖叫不停，但不知道是被盔甲嚇到，還是被直純的梅杜莎模樣嚇到就是了。

「她就快來了……」直純在抵抗敵人時，向映恆說出好消息。

「誰快來了？」

直純回答前，又有新的怪物撲過來。那是全身綁著鐵鍊，全身像被剝了一層皮般的血紅色人形生物，它們手上抓著生鏽的手斧，發出彷彿會讓人做惡夢的尖銳笑聲，毫不留情地襲擊眾人。

「別過來啦！」

直純甩開紅色怪物揮過來的手，同時還要用武器砍另一邊的盔甲。只靠兩人跟上百個敵人對打，拖越久就越不利。

「我會把你們全打趴的！」

敬銘盯著螢幕，用更快的速度點擊怪物，用每分鐘一百字的速度輸入指令，現在只有打倒這兩人才能證明自己才是正義的一方，自己說什麼都不能輸！

「我才是正義，要消滅你們這些邪惡人渣！」

他過於專注在敲鍵盤上，導致他完全不知道身後有人接近。

敬銘後腦勺被人用重物敲擊，痛得暈倒在地上。曾經是魔法商店的客人的郭憶茹抓著本來放在桌上的木雕，確認他昏倒了。

因為這次的犯人會利用瞬間移動綁架人的關係，直純在找到對方的所在地時，就傳了位置資訊給憶茹，同時在剛才跟犯人對峙時，她也偷偷用蛇髮在手機上打字指示自己來幫忙，甚至還趁亂偷偷把門打開。

憶茹這段時間一直在猶豫要不要幫助這兩個孩子。但當她知道最近的失蹤事件就是魔法商店的商品引起的時候，她還是決定來幫他們一把。

阻止其他客人用商品害人，這就是自己贖罪的開始。

憶茹試著操作鍵盤。幸好按鈕上的字寫得很清楚，她按下「從空間送回」，點選螢幕上的所有人後再照著螢幕上跳出的指示按下「選擇移動座標」，讓螢幕上像監視器的畫面停留在客廳。

空中發出一陣白光，全員回歸現實世界。

知道自己逃離地獄的老人、主婦、學生們，全都滿臉歡喜地逃出門外。憶茹看著身上都是擦傷或是被怪物抓傷的痕跡的兩人，嚇一大跳。

「我們沒事，不要擔心。」

除了映恆與直純外，同樣曾經買過魔法商店商品的咖啡廳店長也站在原地。

「是你搞的鬼嗎！」

佳亨扯住敬銘的領子，對著他的臉大吼：「為什麼！我跟你有什麼深仇大恨，你要抓我還要把我傷成這樣子？是因為去冰的事情嗎？為了那種小事就要讓怪物砍我，你這個人有病啊！」

「那不是……小事，這是要懲罰你工作懶惰……」

慢慢醒來的敬銘，用含糊的聲音回答。

「什麼懲罰？你以為自己是什麼正義小超人是不是？我現在這樣根本沒辦法工作了啊！」

「那樣太好了……你這種只會給客人添麻煩的爛店員，趕快淘汰掉吧……」

佳亨用力揍了他的臉一拳。嚇得直純退後幾步。

「神經病啊！你才是那種給人添麻煩的客人，只是一點點問題就要店裡大吼大叫，你的想法才是真的幼稚又不尊重人！」

「講夠了沒啊？」

敬銘撐著身體重新站起，聲音依然憤怒。

「幼稚？不尊重？破壞社會秩序又拖累他人的人，有什麼臉講尊重？連基本的工作都做不好的人，被處罰就是應該的！」

他重新回到電腦前，接著開始敲鍵盤。

敬銘當然是要把所有人再重新丟回鍵盤空間裡。映恆迅速張望，他抓起放在客廳桌上沒蓋好的可樂，直接用力往鍵盤上砸下去。

黏稠的可樂大量滲進鍵盤隙縫導致內部一部分故障，螢幕上的選擇畫面開始出現雜訊，就算敬銘再怎麼用滑鼠點直純等人也沒反應。

「你剛才亂潑什麼可樂！現在鍵盤故障了啊！」

「我們怎麼可能愣愣站在旁邊看你再把我們關進去一次！」映恆回嗆。

「傳送至空間」的按鍵不管按幾次都沒有反應。氣急敗壞的敬銘繼續按其他按鍵，卻發現「從空間送回」的按鍵還有反應。

他的腦中閃過一個說不定能逆轉局勢的點子。

「你們這些爛人的死期到了！」

在按下「從空間送回」按鍵時，螢幕畫面再度轉回剛才的黑色大廳。他點選還停留在大廳裡的怪物們，再按下「選擇移動座標」。

「馬上往外跑！」

明白敬銘想幹嘛的映恆著急喊道：「他想把裡面的怪物傳送到外面來！」

「真的假的，那種事也可以做到嗎？」

如果鍵盤能把關在鍵盤空間裡的人放出來，理論上在空間裡誕生的怪獸們應該也能送到現實世界才對。

如果成功的話，他就可以操縱怪物攻擊現實中的任何人，輕鬆把現實世界變成更血腥的地獄。

為了阻止他，映恆趁著轉移還沒成功前，再度抓起一旁的椅子丟向敬銘。

但椅子沒擊中敬銘，反而打中憑空出現在客廳的怪物，發出清脆的「鏗」一聲後彈到一旁。

剛才的黑盔甲戰士還有血紅色怪物，全部都成功轉移到客廳裡。

他要操縱這些怪物繼續在現實世界中追殺自己。

「快跑！」

既然現在所有人都回到現實世界，能逃跑當然就要逃跑。映恆拉住直純的手朝門口狂奔，佳亨與憶茹也跟在後面逃出。

「別以為你們逃得了！」敬銘發出得意的冷笑。這些怪物都是他親手創造出來的，他覺得自己就像正義的王者，居高臨下看著這些怪物在現實中攻擊那些惡人。

「把他們全部痛扁一頓！」

敬銘大聲命令。血紅色怪物與黑盔甲們轉過身來，誰也沒移動半步。

「我說去扁他們，你們聽不懂嗎？」

怪物們沒反應，反而慢慢圍到敬銘身旁。

「我命令你們現在就去把他們抓起來——」

黑盔甲舉起劍，然後朝著敬銘的手臂揮下去。

「哇啊啊啊——！」

剛才那一劍毫不留情，直接砍到深入肌肉三公分深的地方。敬銘痛得大叫，他完全沒想到服從自己命令的怪物們竟然會攻擊自己。

「好痛……你們在幹什麼……」

不管正義還是信念，在性命危急的此刻全被敬銘拋到腦後，他現在只感到恐懼。

「走開！不要過來！」

血紅色怪物們張大嘴巴，無情地朝自己的創造者身上咬下。這裡不是鍵盤空間，沒有人能對怪物們下命令，怪物們得到完全的行動自由。

「啊啊啊……啊啊啊啊！」

敬銘躺在電腦桌前的地板上慘叫、扭動，就算再怎麼用拳頭揍這些怪物，牠們依然不為所動，用手斧繼續攻擊敬銘身上的部位並啃食。

黑盔甲也用劍刺進敬銘的身體。雖然逃出去的直純沒看到敬銘現在的樣子，但他發出的慘叫連在外面都聽得到，她不禁覺得敬銘很可憐。

「怪物追過來了！」

一行人身後傳來剛才的血紅色怪物在樓梯間彈跳的超大聲響還有讓人做惡夢的笑聲。

「哇啊啊啊！」

憶茹發出慘叫，她感覺到怪物的手就快抓到她的頭髮。

這時，樓梯間忽然回歸寂靜。

那些血紅色怪物像蒸發一般全部消失了。敬銘家裡的慘叫聲也停下來，現在只聽得到小聲的呻吟。

公寓裡其他住戶聽到吵鬧聲，紛紛探頭出來察看。映恆毫不在意地走回敬銘家裡，確認裡面的狀況。

敬銘奄奄一息地躺在地上，旁邊也流了不少血。那些被他召喚出來的怪物全部消失了，斷成兩半的鍵盤殘骸也掉在地上，從模樣來判斷應該是被踩壞的。

「那些怪物都不見了嗎？」憶茹擔憂地張望著。

「全部都消失了。」映恆感受到氣息完全消失了

「鍵盤壞了，所以那些怪物也跟著不見了。」

幸好鍵盤被那些怪物弄壞了，自己才能得救。他現在的這種下場真的是報應。

※

被自己創造出來的怪物襲擊的敬銘，因為直純及時替他叫了救護車的關係，在那之後撿回一條命。

不過就算活了下來，敬銘接下來的生活恐怕會非常艱辛。他的全身上下都有幾乎見骨的刀傷與被不明怪物啃咬的傷口，就算手術後沒有生命危險，躺在病床上療傷的過程依然是個生不如死的地獄。

那些傷口不能碰到水，因此就連洗澡都是一場折磨；他稍微動一下就會感受到彷彿被火焚燒般的痛楚，讓他痛得幾乎要暈過去。

以前敬銘最喜歡講的那些正義、秩序，現在他全部都沒有心情去思考。他全身都好痛，痛到讓他懊悔自己幾天前一時衝動把那些怪物放出來。

可是事到如今才後悔已經來不及了，他犯了一生絕對不能犯的過錯，接下來一輩子都要活在後悔與折磨之中。

「那個人自己活該。」

看了病床上痛苦的敬銘最後一眼的映恆，淡淡地轉身離開。直純這回也難得無法同情這個人，她馬上跟在映恆背後離開。

被敬銘抓起來的被害人除了受到驚嚇外，在那之後都平安無事。看來兩人的努力還是有成果的。

「這次也沒有找到其他線索呢。」

映恆本來期待能夠進一步得到更多魔法商店的資訊，但看敬銘那副痛苦的樣子，大概也問不出什麼。

「要找線索的話，我其實還有想到另一個辦法！」

映恆一臉詫異地看著直純，直純則繼續說明下去：

「我剛才不是說那本殺人書裡面，夾著一張傳單嗎？」

「對啊。」

「那張傳單會夾在裡面，就代表說那不是魔法商店自己的商品，是從其他間店進貨的東西對不對？如果我們到那間店的話，說不定可以找到其他不一樣的線索！」

「妳是說妳要去另一間魔法商店求助？」映恆有點難以置信。

「沒錯！這個方法可以試試看。因為沒試過的話，也不知道那間店會不會找到其他對付店長的方法啊！」

「這麼做很危險。如果那間書店會賣翻一頁就能殺死一個人的書，那誰知道那間店會怎麼危害我們的性命？」

「那你跟我一起來吧！」

直純用強烈希望映恆答應的眼神看著他。

「只要你也在的話就不會有事了！」

映恆不知道自己該對這句話做什麼樣的反應。

「好。」

他想了十幾秒後答應了。

「因為我正好想到一個可以試試的方法了。」

第五章　拜訪魔法書店

傍晚時分的尖峰時刻，許多剛下班的人們在車站出口間穿梭，誰也沒有多看站在出口旁邊的少年桑映恆一眼。

映恆今天揹著一個大背包，裡面不知道裝了什麼，只要稍微靠近的話，就會聞到裡面有一點腐爛的味道。

不久前，映恆的同伴江直純在魔法商店賣出的商品「死因解答之書」裡面，發現一張來自另一間魔法書店的傳單。

映恆沒聽過這間魔法書店的名字，但魔法書店可能跟德吉洛魔法商店有什麼關聯，他決定實際去拜訪一次。

「我來了！」

聽到熟悉的少女嗓音，映恆回頭。穿著一件大外套的直純朝自己揮手並走來，她今天頭上也戴著梅杜莎髮箍。

她在出門以前洗過澡了，因此身上還飄著一點沐浴乳的香味，再加上臉上可愛的笑容，讓映恆的內心不禁感到放鬆一點。

「那張傳單有帶來嗎？」

「有啊，我還準備了一張影印給你！」

直純從隨身的包包裡拿出一張影印紙，但不知道是不是傳單的文字對影印機沒有效力的關係，上面的字依然是不明的外國文字。

這張四摺傳單有把記載的文字從外國文字轉換成中文的魔力，當初直純發現這張傳單的時候，它就在直純面前直接變成中文文章。

「康特拉迪羅書店」，這個名字聽起來像是氣派的外國書店，但上網搜尋卻完全找不到任何結果。

傳單上面記載的地址就在附近一帶舊辦公大樓的地下室，兩人決定今天實際去拜訪這間店。

「還是要小心一點。對方是魔法書店，店員也很有可能不是人類，誰也不知道會發生什麼事。」

「會啦。所以你今天才準備這麼多東西嗎？」直純邊走邊盯著映恆的背包看：「裡面裝了什麼？」

「可以用來解決各種狀況的工具。」

映恆確認手機地圖上的地址，在前方路上轉進一條小巷。

傳單上寫的舊辦公大樓門口，就在眼前。

眼前的大樓外牆已經有磁磚剝落，老舊的玻璃門也有點髒，就像好幾年沒有人在這邊打掃似的；昏暗的大廳裡有警衛櫃檯，但裡面半個人也沒有，地上堆積的灰塵顯示這裡沒有清潔工。

「這裡有點臭……」

一踏進大廳，直純聞到一股霉味，討厭地皺眉。但映恆毫不介意，專心地找地下室入口。

「看來這條路不太歡迎買書的客人上門。」

通往地下室的樓梯間堆滿了雜物，空間只夠讓一個人通過。映恆走在前面，同時確認四周有沒有突出的釘子之類的危險存在。

「抓住我的手。」

映恆伸出手，要直純抓住自己。

「不用啦，我自己可以走……」

「沒關係，要是妳跌倒的話怎麼辦？」

「好啦，隨便你。」

讓映恆牽著手的直純，一前一後地朝地下室前進。

到地下室後，眼前出現的是一條走廊。走廊兩邊都有鐵製的房門，但看起來都很久沒有保養的樣子，表面佈滿鏽斑。

「地下一樓的五號室……是這一間。」

兩人站在傳單寫的五號室門前，確認自己沒有找錯。因為五號室的房門也長了不少蜘蛛網，一看就知道很久沒有人使用。

不過魔法書店本身就是不能用常理去思考的超自然存在，它會隱藏在這種地下室還是隱藏在哪間公廁的掃具間裡面，其實都不奇怪。

映恆輕輕轉了一下五號室的門把，門沒鎖。

一推開門，原本黑暗寂靜的門後竟突然傳來悅耳的古典音樂。一條明亮的木造走廊出現在兩人眼前，裡面傳來有人用中文以外的言語聊天的談笑聲。

「這裡就是魔法書店？」

兩人踏進店裡，小心地沿著走廊前進。這裡的空氣飄著一股油墨味，走廊兩邊的木造書架上也放滿了書本。但跟普通書店不一樣的地方是，這些書全部都採用精美的黑色皮革裝訂。

通過走廊轉角，映入兩人眼簾的是像巨大圖書館般直抵天花板的高大書架，景象宛如壯闊的奇幻小說場景。數十道完全看不到臉的黑影在書櫃間徘徊，有些身上飄著黑煙氣息的黑影站在櫃檯前等著結帳，櫃檯前的店員是書店裡唯一看得到臉的人物。

男性店員的年紀看起來約在三十五歲至四十歲之間，身上穿著一件略顯寬鬆的棕色皮衣外套搭配一件黑色素面襯衫。一舉一動之間，都讓人感受到他身上散發著不輸給大企業秘書的專業氣息。

當他以每十秒為一位客人的速度結帳完畢，他轉頭望向兩人。

「歡迎光臨。難得會有你們這樣的人類客人來買書呢。是誰介紹你們來的？」

「我們自己來的。」映恆回答。

「歡迎歡迎。不知道客人想要什麼樣的書呢？」

在店員跟兩人對話的同時，店裡的客人全在不知不覺間像煙霧般消散無蹤，現場只剩三人。

「我們有事想問你。你認識德吉洛魔法商店的店員白雨芯嗎？」

「您問這個要做什麼？」店員的眼神變得銳利。

「能告訴我關於她的事嗎？像是她的真名還有她的來歷。」

詢問真名這種事，當然是因為掌握惡魔真名就能夠驅趕對方的緣故。基督教的趕鬼儀式中有這樣的概念，奇幻小說系列地海傳說裡面提到的掌握對方真名的概念也跟這個類似。

白雨芯這個名字怎麼想都是假名，要是能得到情報的話，就等於得到能澈底擊垮魔法商店的王牌。

店員發出滑稽又帶點輕蔑的笑聲。

「我們是書店，不是情報販子，沒有提供其他客人的個人資料。」

「怎麼樣都不可以嗎？」

「當然，我們沒有義務要為沒有付出任何費用的客人提供服務。」

映恆當然聽得懂這句話的意思。

「你們收人類的貨幣嗎？還是要收人的靈魂？」

「您要用美金或歐元付款當然可以，用一定重量的黃金付款也可以，以死後將靈魂交給本店的契約方式，付出靈魂當然也可以。」

「我還以為一定要賣靈魂呢……」直純鬆了口氣。

「現在不願意以靈魂交易的人類客人越來越多，使用黃金或美金交易，也是與時俱進的作法。如果客人願意的話，收取客人的頭髮、血液等身體的一部份代替金錢也沒關係。」店員親切地說明。

映恆放下背包，翻找一陣之後從裡面拿出幾十張美金一百元鈔票。

「咦！你哪來這麼多錢？」直純驚訝。

「打工存下來的。」

為了應對付款時的各種狀況，映恆事先準備了六種貨幣的鈔票放在背包裡。

店員點了一下鈔票，確認金額達到交易的標準。

「你們也真是奇怪的客人啊。通常會來我們店裡的客人，都是為了得到某種知識或人類所達不到的力量而來，你們又為什麼要問關於那位客人的事？」

「我跟那個人之間稍微有一點恩怨。畢竟她傷害了我的家人。」

「她賣給我們的章魚燒……害得我的朋友受了很嚴重的傷。」

「聽起來很像那位客人會做的事。」店員淡淡地說道：「那位客人跟我們這些以跟人類簽下契約或收取利益的生意人不一樣，她純粹地把人類的行為與反應當成娛樂節目，為了讓自己開心，就算不收取人類靈魂也無所謂。」

「所以說……那個人真的不是人類？」直純聲色有些顫抖地問。

「不是人類。她是智慧超越你們人類的種族，人類經常稱呼為『惡魔』呢。」

聽到這句話，心裡早就有底的映恆只是輕輕點頭。

「我們是從魔法商店賣的那本死因解答書裡，找到來這裡的方式。」

「這本書是白小姐在本店訂購，然後再轉售給人類的商品。商店經營者之間交易需要的商品，這是常有的事。但是將高價書籍用低價賣給人類客人，只有白小姐會這麼做。」

「你的意思是她只是因為好玩而已嗎？」

「除此之外我想不到別的原因。」

白雨芯身為比人類還要高階的存在，也把人類當成娛樂自己的道具，就連人類的快樂、渴望、欲望、夢想、痛苦、悔恨、無力感、掙扎、死亡，在她面前也只是一齣齣打發無聊時間的娛樂表演秀。

「她的店裡的商品……都是跟其他魔法商店買的嗎？」映恆再提問。

「有像本店的出版品這樣的例子，但大部分都是那位客人自己研究、創造出來的。像你們身上持有的魔法商品，裡面也包含了那位客人的力量。」

白雨芯既然能創造出這麼多擁有強大魔量的商品，那她本人的力量絕對也凌駕於人類上千上萬倍。

或許，就算把從其他客人那邊拿來的商品集合起來，要擊倒她也很困難。

那麼得知白雨芯的真名，才是最能給她致命一擊的方法。

「所以用她賣的商品對付她沒用，是這樣的意思嗎？」映恆不太甘心地問。

「您可以試試看。」店員依然微笑。

「但是我們書店有更好的方法。我們的方法比利用那位客人賣的商品還要有效，要不要聽聽看？」

「如果是要用靈魂才能交換的方法的話就算了。」

「我們也有完全不需要用靈魂支付的購物方法啊。」店員繼續親切地解釋：

「要達成艱難的工作，付出相對的代價也是理所當然的。這個世界上沒有不費吹灰之力就能完美達成的事情，再說兩位到這間書店來，不就是要尋求打倒那位客人的方法嗎？」

「那你說的那個方法是什麼？魔法嗎？」

「我們有教導人類能夠抵消至少三百五十種魔法攻擊的教科書，也有能夠給予敵人致命一擊的原創術式辭典，或者研發對我們種族的人會有效的藥物的書。不用靈魂交易，那麼選擇用三百盎司的黃金或美金六十萬元購買也可以。」

「那麼要你告訴我白雨芯的真名，這些錢夠嗎？」

映恆又再從背包裡拿出一疊美金鈔票，還有幾張一百元歐元鈔票。這些錢換算成台幣的話全部都是大數目，直純也不禁提高音調：「你真的要這樣做嗎？」

「這要先問店員先生收不收啊。」映恆望了店員一眼。

店員搖搖頭，他把放在櫃檯上的美金與歐元全推回去，只留下一張一元美金。

「兩位客人今天是第一次到我們店裡買書，所以我們提供您特別的優惠方案，只要一元美金就可以購買一本書籍。」

他彎腰從櫃檯下拿出一本咖啡色封面的書，上面寫著一個超大超醒目的字母「A」。

「這是？」

「收錄了十萬名真名以人類英文字母拼寫為字母A開頭的惡魔的名冊。只要仔細找的話，那位客人的名字就在這裡面。」

這樣的話對方的確有提供自己白雨芯的真名，但自己卻沒辦法使用。自己當然不可能在白雨芯面前把十萬個名字一一喊過一次，早在喊完以前，白雨芯就先出手幹掉自己了。

笑著的店員看起來不會再繼續給自己進一步的答案。這樣子就等於自己花了一元美金，結果只得到白雨芯的真名是A開頭的答案。

反正只要一元美金，就算落空了自己也不會有什麼損失。映恆接受這個提案。

「那麼還需要加購其他書籍嗎？只有這本書的話，以人類的力量要擊敗那位客人會是非常困難的事喔。」

「目前還不需要。」映恆婉拒。

「最後再問一件事……你知道德吉洛魔法商店的正確位置嗎？」

「那位客人的店的位置並不固定，除非遇到符合進入店內條件的客人，或是得到那位客人的邀請，否則連我也無法進入。」

店員回答的表情很認真。

「那就這樣吧。」

「我明白了。感謝您今天的惠顧！」

本來還以為店員會繼續引誘映恆消費，但沒想到他只是帶著笑容替映恆把那本書用漂亮的包裝紙包起來，像普通的書店店員一樣道謝。

「這張是本店的名片。如果您有需要的話，只要撥打這隻手機號碼並說出您的願望，我們就會在電話中報價並派人寄書過去。」

包好的書上放著一張灰色的名片，上面寫著「康特拉迪羅書店」的名字還有一行手機號碼。

「謝謝你。」直純還是很禮貌地向店員道謝。

「我們隨時都歡迎您的大駕光臨。」

※

兩人回到原本的地下室裡。

現在除了不知道要怎麼派上用場的名冊與魔法書店的聯絡方式以外，沒有別的收穫。

「他們的魔法書要美金六十萬元……我們根本買不起啊。」

「別忘了那間書店可能也是惡魔開的。就算可以付美金，說不定我們會付出更慘重的代價。」

真的要這麼做，那就要做好那間書店的店員事後來收取自己的靈魂或帶走某件重要的東西的心理準備。

「上次可以在那個鍵盤世界裡面活下來，也是用了這個髮箍……」

直純想表達的其實是自己現在也在運用惡魔的力量這件事。

「妳這麼一說我才想起來。本來應該不會被其他商品的魔法影響的我，那次竟然會被轉移進去，大概是那個人故意這麼設計的。」

但映恆卻想起別的事。他的意思是，雨芯有九成九為了對付自己，特別把店裡的商品的魔力增強後才把商品賣給客人。

這個行動背後的意義，當然是為了要封鎖礙事的兩人的行動。

如果本來能對各種千奇百怪的魔法商品免疫的映恆失去免疫能力，兩人等於失去一大優勢。

「如果你是說她要讓我們對抗不了商品的魔力，那我覺得還是有點奇怪。」

「哪邊奇怪？」

「我們被轉移到那個奇怪的世界裡面之後，不是還是可以用魔法嗎？像我那時就可以用石化打敗那些怪物，如果要讓我們完全打不過它們的話，應該要連石化魔法都對怪物不管用才對，這樣子我們就只能在那個世界裡面被怪物幹掉了。」

映恆抿著嘴脣，邊走在回車站的路上邊思考理由。

「也許這種商品之間的魔法無法互相干涉的現象，就連她自己也還沒完全克服。」

「什麼意思？」

「就是接近某種自然產生的化學反應的概念。她可能只能解決一部分的魔法相斥，可是還沒辦法完全解決這個問題。就像本來不會被魔法影響的我們會被轉移到那個世界裡，可是髮箍的石化魔法又對那些怪物有用那樣。」

「可是……總覺得這樣又太巧合了。」

直純有一種不對勁的感覺。

「如果她真的想要把我們幹掉的話，那應該要做得更澈底一點啊。」

把鍵盤設計成可以把擁有商品力量的人轉移到空間裡，可是又讓他們可以用商品的魔法攻擊怪物，如果白雨芯的目的真的是要幹掉自己，那乾脆讓鍵盤創造出的怪物全都對魔法免疫就好了。

而且，她為什麼不直接來找妨礙她的娛樂的兩人？直接動手不是更簡單省事嗎？直純心裡浮現疑問。

「不知道。」

映恆真的搞不懂這是怎麼回事。

可能是對惡魔來說也無法解決的問題，也可能是雨芯故意這麼做。

也或許……她就是為了**看兩人在鍵盤世界裡受苦**才故意這樣做的。

「是的話，我看就開始想怎麼偷襲對方吧。不然就是找到剛才那個店員說的『符合的條件』，先發制人。」

「只要能找出條件，找到她的機會就更大，我們也不用跟其他客人衝突了。」

不過那個條件要怎麼找，這就是另外一個問題。

直純也曾經是魔法商店的客人，線索可能就在自己或現在還在醫院裡面治療的朋友們身上。是自己做了什麼還是說了什麼嗎？或是自己身上的哪一種特質剛好符合白雨芯的需要？

惡魔如果要找人類交易的話，最終的目的應該就是人類的靈魂吧。她想要的靈魂是精神素質堅韌的那種嗎？雖然白雨芯表面像是在玩弄人類，但最終的目的或許還是要收集客人的靈魂。所以說，書店店員說的「條件」恐怕就是符合標準的靈魂。

跟映恆道別後回家的路上，直純始終低著頭想這件事。

離開人聲鼎沸的大街，直純來到小巷裡。從剛才開始，一陣步調緩和的腳步聲就一直從直純身後傳來。

有點在意的直純回頭，對方也笑著向直純打招呼。

「哈囉！」

一頭想忘也忘不掉的淺藍色長髮，還有帶著笑意的墨綠色瞳孔，再加上圍裙與店員般的穿著打扮。

對方就是德吉洛魔法商店的店長白雨芯。

「……！」

直純連呼吸都忘了，戒備地退後好幾步。

「妳來這裡幹嘛？」

「我來看購物的客人最近過得好不好啊！」雨芯滿臉笑容回答。

「什麼好不好……我們現在變成這樣，不就是妳害的嗎！」

直純對著雨芯不滿地大叫。

「我害的嗎？妳這麼說是什麼意思？」雨芯竟然還裝可愛吐舌頭。

「妳明明知道那些魔法商品會失控，可是其他客人在亂用的時候，妳卻沒有阻止啊。」

「這樣子對我就太冤枉了。普通的便利商店還是超級市場在賣清潔劑或打火機時，店員也不會二十四小時監視客人買回家以後會不會拿它下毒還是縱火喲。」

「這個……兩邊的狀況不一樣！」

「哪邊不一樣呢？我跟便利商店的店員一樣，只是全心全意地為有需求的客人提供可以解決問題的商品，在那之後客人犯下不能犯的錯，也不是我強迫客人這麼做的。」

「然後妳現在想幹嘛？」

雖然家就在附近，但是讓雨芯知道自己家住哪裡可一點也不好玩。

雨芯伸了個大大的懶腰，反應舒服地開口。

「你們這段時間跟許多在我的店裡購物的客人接觸，你們一定也體會到有不少客人真的人品超糟，不管是再怎麼方便的商品，最後總是會帶來預料外的壞結果吧。人這種動物，並沒有妳想像的那麼好喔。」

她知道兩人一直試著阻止那些客人，也很清楚那些客人的腐爛劣根性。

雨芯這番話，更證明她一直都在監視著自己的一舉一動。

「我知道。」

直純用緩慢而認真的聲音回應。

「我本來以為世界上大部分的人都可以溝通，一定也有可以互相了解……可是世界上有遇到我無法想像的痛苦的人，也有無可奈何的事，還有無法溝通的壞人，我體會到我的想法很天真。但那些商品會帶來什麼樣不可收拾的後果，妳在賣東西的時候完全沒有講！妳只是為了要看客人們自取滅亡，然後騙了所有人！妳自己不是也覺得玩弄人類很開心嗎？」

「是啊，看那些客人自己毀滅的樣子的確滿好玩的，但會變成那樣子，那些管不住自己內心欲望還有衝動的客人，他們自己也不能說完全沒有責任吧。」

「妳來這裡只是要辯論這件事嗎？」

「真是心急呢。好吧，那我們直接進入正題。」

雨芯往前走一步，友好地向直純攤開雙手。

「我可以幫妳完全治療好妳的朋友們喔。」

這句話讓直純瞬間動搖了一下。

「妳在騙人……妳怎麼可能會這麼好心突然要來幫助我？」

「我開店做生意不在乎收入，只想要追求開心與娛樂。可是你們一直阻止我的話，就會讓我少看到很多無可救藥的惡劣人類墮入絕境裡面的好玩場景。那麼，只要我助妳一臂之力，把妳的朋友們全部治好，那妳就不需要繼續做這種吃力不討好的事啦。」

雨芯掏掏口袋，從裡面拿出一瓶裝在深色玻璃藥瓶裡的藥水。

「妳想要什麼？想要我的靈魂嗎？」直純藏不住內心的動搖了。

「哈哈哈，妳不需要給我靈魂呀！」雨芯像高中女生般天真地大笑：「只要妳們不要再繼續妨礙我，這次可以當作免費服務喔。」

「我不相信！那瓶藥水喝了一定會有事！」

「也對，各種新產品都要先試驗一次證明效果才行嘛！」

雨芯左右看看，她的視線停留在路邊一隻奄奄一息地趴著的流浪狗身上。

「就像這隻狗狗。牠的身上有好多被人踢過留下的傷痕，而且身上還有肉眼看不出來的骨折。」

她拿出滴管吸了幾滴藥水，熟練地觀察並避開狗狗的傷口與骨折的地方將牠抱起，然後把藥水滴進牠的嘴裡。

連直純肉眼就能看到的變化在短短七秒內出現。流浪狗身上的傷口像快轉畫面般快速癒合，原本因為重傷失去力氣的流浪狗，一分鐘後又像充好電的玩具活蹦亂跳。

「就連受了這麼重的傷的狗狗，都可以在一分鐘內完全痊癒，妳的朋友們頂多只要三分鐘時間，就可以恢復到以前完全健康的狀態喔！」

直純真的很驚訝，但她絕對不會忘記雨芯說過的話。

——把超越人類智慧的物品交給本身就很異常的人類，然後看著他們因為自身的傲慢與愚昧而自我毀滅，這世上沒有比這種事更有意思的娛樂呢！

不論眼前的雨芯笑得再怎麼天真、親切，她的骨子裡依然是把人類當成娛樂道具的惡魔。自己絕對不能再次上當。

「再說了，妳幫助的那些客人大都不值得同情，就算幫了他們一把，最後他們還是會自食惡果啊。」

「我不要……妳回去，不要再害人了！」

「妳不需要的話當然也沒問題，我會尊重妳的意思。」雨芯溫和地答道：

「但妳不希望妳的朋友們可以康復嗎？錯過這樣的機會，未來妳會花更多時間治療她們喔。就在妳還在猶豫的時候，她們還在痛苦之中呢。」

沒錯，現在還在醫院裡的三個人還在治療中，不管是什麼樣的方法都應該試一試。

但是……但是……接受那個害自己變成這樣的罪魁禍首的東西真的好嗎？

直純心裡浮現使用死因解答書來賺錢的青年的臉龐。

那個時候的他心裡也像現在這樣掙扎嗎？明知道對方準備了不尋常的陷阱給自己，但是眼前的情勢已經讓自己沒有選擇的餘地了，最後還是只能跳下去。

「它有副作用嗎？」直純試探性地問。

「跟人類的藥一樣，只要不要服用過量的話就不會有副作用。」

「怎麼可能……妳騙人……」

「那麼這隻服用適當劑量的狗狗身上哪邊出現副作用了呢？妳現在戴在頭上的髮箍也是我們店裡的商品，可是妳用過以後也什麼事都沒發生，這就表示不是所有商品都有置人於死地的副作用喔！妳也希望我能做些什麼補償，所以我現在就拿出可以補償的辦法給妳！」

直純不停在朋友們的痛苦還有阻止更多人受害間猶豫。

只要答應雨芯現在的提議，那朋友們就能康復；不過她還是沒辦法坐視雨芯這樣子把人類當成玩具戲弄的行為，這段時間直純也見到許多客人，有些人不是什麼壞蛋，但是當下的情況讓他們不得不做出那樣的選擇。

所以現在的自己也面臨同樣的狀況。接受這瓶藥並拯救三個朋友，或是繼續辛苦地對抗下去。

「不行！」

就在直純猶豫的時候，她耳邊傳來映恆的喊叫。

雨芯輕輕往後跳了五公尺的距離，躲開映恆快速揮來的拳頭。

「妳跑來這裡做什麼！」要保護直純的映恆擋在她前方，大聲質問。

雨芯這時對著映恆吐舌頭扮個鬼臉。

「你真煩，不要在女生們聊天聊得最開心的時候中途打斷啦！」

「妳在引誘她用那瓶藥水，然後在策劃什麼陰謀。清醒點，依靠這種力量來讓朋友們康復，這從一開始就是不可能的事！」

被映恆這麼喝斥後，直純才猛然清醒。

「你怎麼會跑來？」

「保險起見，來確認妳身邊有沒有發生奇怪的事。」

映恆重新把頭轉向雨芯。

「妳真正的目的到底是什麼？用屁股想也知道，只會玩弄人類的妳不可能會這麼好心幫助人類！」

「當然不是單純地免費幫助。我跟她做了個小小的交易，只要她可以乖乖回家不要再來干擾我的話，那我就治療好她的朋友們的傷勢！」

「妳真的可以治療好一個人身上的病的話，那當初我媽就不會生重病離開了！」

「哎呀，這也真是冤枉呢。」

雨芯動作誇張地兩手一攤：「使用變化液的代價，就是會讓身體出現衰弱的現象。事前我也警告過您的母親這件事，甚至還把收尾款的日子延後到您五歲的時候，我看在您的媽媽是我們店裡的老客人了，所以才容許她延後到這麼久以後！」

直純聽到某個在意的詞。

「妳說的尾款是什麼東西？錢不是在結帳的時候已經付清了嗎？」

「一般的商品並不會收尾款，但有些效果特別強大的商品價值不菲，所以會收尾款啊。尾款收的不是錢，知道是什麼嗎？」

雨芯故作神秘發出「嘻嘻嘻」的笑聲，她的笑容彷彿隱藏著某種惡意。

「答案是『人類的運氣』喔！每個使用商品的客人，身上都或多或少會失去一些運氣，再加上那些客人本身自己超出常識的行為，更是把他們親手推向不幸的結局。明顯異常的行動再加上失去運氣，這樣的結局看幾百遍都不會膩呢！」

運氣——

這個就是直純她們在找的條件。有些客人會死狀怪異而有些人沒有，這就稍微說得通了。那些曾被直純等人阻止然後放棄商品的客人，後來死亡的人也很少，或許就是因為身上的運氣沒有再被商品奪走的關係。

「就算那個女孩不想妥協也沒關係，今天我覺得很滿足。」

兩人不明白雨芯的話。

「因為最近七十年來，你們還是第一群敢反抗我的人。你們也很好玩呢，越是阻礙我，就讓我越覺得充滿樂趣，所以我會好好玩弄你們，直到讓我完全滿足為止喔！」

「為什麼要告訴我們運氣的事？」

映恆大聲質問。雨芯歪頭思考兩秒帶著滿臉笑容回答。

「因為勢均力敵的狀況，對決起來才比較有樂趣啊！」

在說完的剎那，白雨芯再次從兩人面前消失。

映恆因為太過憤怒，握拳的手也不停發抖。

「我們完全被她當成玩具了。對她來說我們的報復，也只是另一場遊戲……」

不管是自己誕生在這個世界上的事實、母親的逝世的悲劇，甚至是自己這幾年來拼命追查魔法商店的資訊，還有阻止更多的客人掉進白雨芯的陷阱裡所做的努力，桑映恆的人生裡一切的一切，全部都是白雨芯的遊戲。

而且她把自己的人生搞得一團亂後，竟然還敢像找朋友聊天般在自己面前現身。

「我們只是她玩遊戲用的棋子而已！」

映恆一拳打在旁邊的水泥牆上，氣憤地大吼。

直純輕輕拉住他的手，讓他冷靜下來。

「我們絕對不會真的變成她的玩具。」

她用堅定不屈的聲音說道。

「就算只靠我們兩個人的力量還不夠，那就集合其他魔法商店的受害者的力量，只要集合更多人的力量，最後總是可以找到打倒她的方法！」

映恆看著直純的眼睛，他的心裡感受到一股以前只有獨自一人奮鬥時，感覺不到的安心感。

「我也不會讓那個惡魔得逞的。」

映恆的聲音也充滿決心。

※

「真有意思、太好玩了！」

回到魔法商店，就一直待在存放魔法商品的陰暗房間裡的白雨芯，坐在桌前像孩子般笑著翻找各種自己製作出來的發明。

對雨芯而言那兩個人的確不是敵人，是非常有趣的對象。

她一開始就是為了觀賞人類的墮落，才開了這間魔法商店；但絕大部分的人類都沉溺在輕易得到的力量裡面，然後過幾星期還是幾個月就死了，雨芯看久了也覺得自己說不定得了人類說的審美疲勞了。

現在反抗自己的人類出現，而且還成功阻止了好幾個客人，讓雨芯感受到新的新鮮感。

這種事情已經好久沒有遇到過，雨芯真的覺得很高興。

「接下來就把商品賣給更不正常的人類，看那兩個孩子會怎麼反應吧！」

（本集完）

釀冒險52　PG2622

德吉洛魔法商店：

獻祭羔羊的慘劇

作　　者　山梗菜
責任編輯　喬齊安
圖文排版　陳彥妏
封面設計　劉肇昇

出版策劃　釀出版
製作發行　秀威資訊科技股份有限公司
114 台北市內湖區瑞光路76巷65號1樓
電話：+886-2-2796-3638　傳真：+886-2-2796-1377
服務信箱：service@showwe.com.tw
http://www.showwe.com.tw
郵政劃撥　19563868　戶名：秀威資訊科技股份有限公司
展售門市　國家書店【松江門市】
104 台北市中山區松江路209號1樓
電話：+886-2-2518-0207　傳真：+886-2-2518-0778
網路訂購　秀威網路書店：https://store.showwe.tw
國家網路書店：https://www.govbooks.com.tw
法律顧問　毛國樑　律師
總 經 銷　聯合發行股份有限公司
231新北市新店區寶橋路235巷6弄6號4F
電話：+886-2-2917-8022　傳真：+886-2-2915-6275

出版日期　2021年9月　BOD一版
定　　價　270元

Printed in Taiwan

讀者回函卡

國家圖書館出版品預行編目

德吉洛魔法商店：獻祭羔羊的慘劇/山梗菜著.
-- 一版. -- 臺北市：釀出版：秀威資訊科技
股份有限公司發行, 2021.09
面； 公分. -- (釀冒險；52)
BOD版
ISBN 978-986-445-516-4(平裝)

863.57 110012673